CAPA E PROJETO GRÁFICO FREDE TIZZOT

ILUSTRAÇÃO DA CAPA MARCOS BECCARI

ENCADERNAÇÃO LAB. GRÁFICO ARTE E LETRA

PRÓLOGO ALBERTO MANGUEL

TRADUÇÃO NYLCEA THEREZA DE SIQUEIRA PEDRA

REVISÃO FRANCISCO R. S. INNOCÊNCIO

©Magela Baudoin
c/o Schavelzon Graham Agencia Literaria
www.schavelzongraham.com

B 341
Baudoin, Magela
A Composição do sal / Magela Baudoin; tradução de Nylcéa Pedra. – Curitiba : Arte & Letra, 2019.

142 p.
ISBN 978-85-7162-006-3

1. Literatura boliviana   I. Pedra, Nylcéa   II. Título

CDD B860

Índice para catálogo sistemático:
1. Contos : Literatura boliviana   B 860
Catalogação na Fonte
Bibliotecária responsável: Ana Lúcia Merege - CRB-7 4667

ARTE & LETRA
Curitiba - PR - Brasil
Fone: (41) 3223-5302
www.arteeletra.com.br - contato@arteeletra.com.br

MACELA BAUDOIN

A COMPOSIÇÃO DO SAL

CURITIBA
2019

Para meu pai, porque com ele voltei a ter seis anos. Gloriosos e salvadores seis anos.

Para Sergio T., na mais imperfeita sincronia.

SUMÁRIO

A confissão postergada: os contos de Magela Baudoin,
prólogo de Alberto Manguel.................................7

Amor à primeira vista...9

A fita vermelha..13

A moça..25

Alguma coisa para o jantar..................................39

A noite da estreia...55

A composição do sal..67

Moebia..75

Gourmet..85

Dragões adormecidos...91

Um verdadeiro milagre.......................................97

Sonho vertical...107

Tormenta...115

Sonata de verão portenho..................................121

Um relógio. Uma bola. Um café............................135

a confissão postergada:
os contos de magela baudoin

Sabemos que a divisão de gêneros literários é uma convenção imposta por acadêmicos e editores, mas, como leitores, também sabemos que esses gêneros refletem a intuição de uma verdade literária: quando lemos um conto, sabemos que não estamos lendo um romance. Mas o mais difícil é definir o que são essas categorias convencionais. O conto, talvez mais que o romance e o ensaio, é um gênero misterioso. Menos grandiloquente que o romance, menos formal que o ensaio, o conto costuma ser a destilação de um acontecimento singular, a observação concentrada em um evento ou personagem, uma hierarquia aristocrática do caso ou da anedota, uma miniatura que ambiciona retratar ou conter de maneira implícita um vasto mundo.

Os contos de Magela Baudoin são indiscutivelmente singulares, oferecem observações meticulosas, compartilham um ato secreto e aludem a algo sempre maior que o argumento que apresentam. É como se Baudoin nos contasse seus relatos com a maior franqueza aparente, mas nós, leitores, intuímos reticências obscuras por trás das palavras, motivos nunca confessados, razões secretas, personagens e lugares de cujos nomes Baudoin não quer se lembrar. A aparência explícita, franca, aberta de seus contos nos engana, mas com tanta habilidade que aceitamos ser enganados. Suas atmosferas são ameaçadoras, tenebrosas, às vésperas da tempestade. Há vislumbres de humor, mas seu riso é sarcástico, cheio de ironia, acusador. Chegamos à última página de um conto de Baudoin e nos perguntamos: o que foi que nos contaram exatamente? Qual é o verdadeiro argumento, a autêntica trama da história? Conhecemos o desenvolvimento da trama, o começo e o fim, o espaço em que se desenvolvem os acontecimentos, as vozes dos homens e mulheres que povoam as suas páginas, mas, no entanto, ao mesmo tempo, sentimos que alguma coisa essencial nos escapa. O que foi que não vimos? O que foi que não deveríamos ter perdido?

Borges, mestre do conto (com um registro notavelmente diferente, é claro), observou que talvez o efeito estético fosse "a eminência de uma revelação que não acontece". Esta característica de promessa postergada define a delicada narrativa de Magela Baudoin.

Nova York, Natal de 2015

AMOR À PRIMEIRA VISTA

Célia precisava procurar um apartamento. O seu era muito pequeno e deveria entregá-lo em menos de duas semanas. Ela sempre deixava as coisas para a última hora, ao contrário de você, que organizava tudo. Gostava de sair vitoriosa dos apuros, ainda que para isso atropelasse os outros, ocupando o tempo deles. Esquivava-se das responsabilidades, envolvendo a todos no seu fracasso, mas nunca no seu sucesso. Superar esse tipo de contratempo, de caráter organizacional, dava-lhe a excitante sensação de imortalidade que, longe de fazê-la se arrepender, a deixava ainda mais pretensiosa. Mas era tão obstinada que nada podia persuadi-la a agir de outra maneira. Você ficava encantado com isso. E foi assim que acabou envolvido na tarefa de procurar um apartamento em Paris. Marcar e fazer visitas. Sozinho. Só deveria ligar para o trabalho dela quando tivesse alguma coisa boa. E agora parece que tinha. Um apartamento mobiliado em Saint Germain des Prés, perto de Lex Deux Magots, *o mítico café de Sartre e Simone de Beauvoir*, você disse em voz alta e sorriu, com a certeza de que Célia não ia dar a mínima e ainda se gabaria de não saber do que se tratava. Ela entendia tanto de livros quanto você de arquitetura.

Chegaram ao edifício. Decadente, mas ainda elegante. Evitando o elevador, subiram de mãos dadas por aquelas escadas escuras. Ali o sol não batia e havia se acumulado um cheiro de umidade tão rançoso que Célia começou a espirrar. Pararam, agitados, no sexto andar. Estavam quase decididos a dar meia-volta quando a luz resplandecente do apartamento inundou o corredor e revelou a silhueta de uma velha encurvada de cabeleira cinzenta. A mulher usava uns óculos grandes e exalava um perceptível cheiro de maconha. Movidos mais pela curiosidade que pelo interesse, entraram no claro apartamento de paredes amarelas, cujos móveis *art déco* dos anos vinte pareciam ter sido postos ali para uma fotografia. Cadeiras sinuosas, de linhas tortas; mesas com pés de alumínio e sofás de couro, com almofadas de pele de zebra compunham a aura de um museu moderno. Muito afetado para ser um lugar habitável, você pensou. A mulher, que vista na luz usava uma peruca frouxa assustadora, tinha entre os dedos um baseado. Tragava enquanto anunciava o preço. Você não precisou olhar para Célia para saber que ela estava encantada, que queria aquele apartamento com cada uma de suas peças. No entanto, não podia pagar por ele. Você suspirou, cansado de procurar. Célia pegou tua mão e fez a única declaração de amor que te fizeram na vida: *O que acha de vir morar comigo?* Não era exatamente uma declaração. Você não era do tipo de querer casar e fazer planos. Ela não era nem a sombra de uma mulher ideal. Mas você não conseguiu dizer não.

Com o passar dos meses, você começou a se perguntar o que estava fazendo em uma montanha-russa sem gostar de gritos e de altura. Você nunca foi um sujeito de reações rápidas, nem de grandes apetites, sequer no sexo. A única coisa que você realmente gostava no apartamento era da Célia. Não era do teto de gesso, nem das janelas de tamanho descomunal, nem do piso de madeira... Não eram os detalhes arquitetônicos que te prendiam àquele lugar, apesar da tua boa vontade para apreciar o famoso *chiffonier* ou as cúpulas de cristal talhado do banheiro... Sim, você era vencido pelo *blues*, sempre improvisado e triste, que emergia, cada vez com menos frequência, da profunda voz de Célia, nas noites em que ela ainda tocava o violão, esquecendo-se de você. Sim, você era vencido pela companhia dela, quando seu corpo perfeito te dava as costas e vocês descansavam esticados na cama, sem falar nada. Sim, você era vencido, definitivamente, pelo jeito que ela tinha de transformar o teu desdém em otimismo. Te arrastava para a vida, por pura diversão. Sem pensar no futuro. No amanhã. No próximo segundo. Você gostava da Célia ou, para ser franco, da imagem que fazia dela.

Célia, por outro lado, se irritava com a tua falta de estilo. Sem conseguir definir o teu modo de ser com a ironia que lhe era peculiar, ela o chamava de "chatice". Entrava, arrancava o livro da tua mão, subia em cima de você, abria a tua calça e bastava um instante para que saltasse furiosa: *Como você é chato!*, dizia. E, então, impunha uma greve de sexo que acabava sendo mais fácil para você do que para ela. Você nem chegava a sentir falta dela. Naqueles dias – ou naquelas horas –, o espaço e o tempo voltavam a ser teus. Ninguém mexia nos teus livros. Ninguém impunha esquemas libertários à tua rotina. Você usufruía dessa pequena trégua, fantasiando não encontrar ninguém te esperando em casa depois de voltar caminhando do trabalho. Era como ser, novamente, o dono absoluto dos teus pertences, inclusive da tua desordem e do teu silêncio... Célia gritava o tempo todo. Estivesse alegre ou irada: gritava. Mas quando estava brava, quando estava furiosa de verdade, não te dirigia a palavra. E então – ela odiaria que você o expressasse em termos literários –: *Paris era uma festa*.

Chegou uma notificação do advogado da dona do apartamento informando que a senhora da peruca tinha falecido. Célia lamentou e se lembrou da peruca. *Se eu fosse a filha dela, gostaria de conservá-la*, disse. Você levantou os olhos do livro, para que ela soubesse que a escutava, mas não respondeu. *Sim*, disse ela, *colocaria a peruca numa daquelas cabeças carecas de manequim e a pentearia com carinho todas as noites*. Você sentiu o impulso de dizer para ela ficar quieta, que te deixasse continuar a ler, mas ficou com preguiça. Continuou lendo, jogado no sofá, com a cabeça apoiada numa das almofadas de zebra. A carta falava de uns filhos que queriam vender logo o apartamento por causa da herança. Explicava que, em cumprimento às leis francesas, os inquilinos tinham, por direito, a prioridade de compra. Dessa vez, Célia não disse nada, mas você não precisou olhar para ela para saber no que estava pensando. Você sabia de cor o quanto ela estava apaixonada pelo apartamento. Pela claridade dos cômodos. Pelos abajures de alabastro. Pela vista sobre os telhados de Paris. *Deveríamos comprá-lo*, escapou de Célia em um suspiro. *Já imaginou?* E você teve medo de que ela te pedisse em casamento.

A FITA VERMELHA

Natalia chegou tarde ao bar, mas nos trouxe uma história, que acabou sendo seu salvo-conduto. Dessa vez minha irmã não se desculpou pelo atraso. Sabia que contava com a nossa indulgência fazia já algumas horas. Todos nós trabalhamos na imprensa e no bar da esquina a espera nunca é um problema. Ela se sentou e começou a falar. Coisa incomum, pois normalmente escuta o que Gabriel diz, já que a inteligência dele ocupa todos os espaços. Gosto muito de escutar ela falar. Há um não sei quê no seu timbre suave e seco que me aquece. Mas dessa vez sua voz não estava serena, tinha acabado de sair do jornal e ainda vibrava na urgência da tinta e da meia-noite. Haviam prendido um homem, ela deixou escapar. Por conta da sua ansiedade, perguntamos se o sujeito era inocente. Mas ela respondeu quase como um pedido de desculpas: isso eu não sei, disse. E segurou firme na mão de Gabriel.

Apresentou os únicos dados precisos de que dispunha: a morte de Rebeca, tão verídica quanto a sua proclamação como Rainha do Carnaval. Tinham-lhe entregado as fotografias de ambos os acontecimentos. Pudemos, então, reconstituir um carnaval fajuto, um desfile na periferia, perdido entre o barro e o lixo, que Rebeca não tinha podido protagonizar porque havia sido assassinada antes. Natalia nos contou do seu reinado fugaz e, pela sua descrição, imaginamos uma comunidade aborígene de pobreza aviltante que, como a garota, caminhava inexoravelmente à desaparição. Gabriel lhe deu um beijo na testa, um segundo antes que minha irmã soltasse a mão dele e dissesse, não sem certo ar de suspense: ninguém podia prever o que o destino tinha preparado para a Rainha, muito menos quando a escolheram.

Naquele dia, ela estava radiante, com o cabelo liso solto, o riso fácil e um cravo vermelho atado ao cós dos shorts, que destacavam os seus quadris sinuosos. Rebeca tinha quatorze anos, mas fazia muito tempo que tinha deixado de ser uma menina. Talvez não houvesse tido infância, mas nascido diretamente para a vida adulta, pensei. Natalia explicava que, segundo as palavras dos peritos, a garota provinha de uma cultura originalmente concupiscente. Tentamos desvendar o que os peritos queriam dizer com "concupiscente" e traduzimos assim: um povoado amazônico de caçadores, nômades, tecelões, para os quais as virtudes carnais eram as principais virtudes. Ainda era muito vago. Uma criação materna, acompanhada de cantos femininos, na qual os prazeres do corpo eram inculcados nas meninas desde muito cedo. Um tempo e um espaço narrados oralmente, disse Natalia, onde a lascívia e o prazer não eram um pecado, mas uma coisa natural, vital. Por um segundo, seu esclarecimento nos elevou ao Paraíso. Mas, logo em seguida, nos lançou ao Inferno, ao recriar esse mesmo ecossistema na cidade, onde a liberdade se torna um jugo e conduz ao mais antigo moedor de carne. A pobreza pode esmagar tudo: nas periferias urbanas, as meninas indígenas, desde idades impronunciáveis, se entregam por quantias exíguas de dinheiro. E quanto é uma quantidade exígua?, perguntei. Natalia respondeu sem poesia: dois pesos. Sua voz cansada me fez pensar na neve, na dor da minha pele congelada e no desaparecimento do gelo, convertido em água. Em La Paz. Ao contrário de Rebeca, eu saí tarde da infância, quando fui estudar com a minha irmã em La Paz. É certo que eu não era precisamente uma menina. Vivia, na verdade, uma adolescência infantilizada de cidade do interior, da qual eu padecia como se fosse uma doença. Dezessete anos é um pouco tarde para uma moça da cidade, mas não para uma menina do interior, excessivamente protegida e apressada demais para dar o salto. Não poderia dizer que abri as asas como fazem os filhotes quando estão prontos. Meu voo não seria a favor do vento e sem bater asas. Cautela é algo que nunca tive e menos ainda naqueles dias, nos quais qualquer precaução teria sido uma afronta à minha esplendorosa liberdade. Meu voo seria feroz, aerodinâmico, de ponta; um salto violento em direção ao desconhecido, um voo rasante pela cidade, por tudo aquilo que eu morria de vontade não só de ver, mas de experimentar. Não, não devo meus demônios a ninguém. Eu sou a única responsável por todos eles. E ainda que frequentemente Natalia se culpe por ter me levado àquele lugar, a verdade é que a decisão foi só minha. A única coisa de que pude acusá-la, quando tive vontade de estar morta, foi de me salvar. De ter posto em meu rosto a neve que pegou do teto de um carro para que eu não desmaiasse. A neve e a sua voz cada vez mais distante: O que você tem? O que fizeram com você? O

15

que vou dizer para o pai e para a mãe? E eu: nada, você não vai dizer nada, jure! Natalia continuou: Rebeca tinha sido levada pelo motorista de um táxi, com a promessa de dar um passeio. Tudo isso se soube pela boca de outra garota, Angélica, testemunha do último momento em que Rebeca foi vista com vida. Ambas queriam embarcar no carro, mas Angélica não foi porque já dava para notar a sua barriguinha prenhe e o taxista não a quis. Grávida?, alguém que não lembro quem perguntou, sem poder acreditar. Instintivamente, olhei para o outro lado. Natalia confirmou: sim, o taxista não a quis, apesar de tê-lo feito dias antes. Era frequentador assíduo de La Pampa. E como ele era?, perguntamos. Gordo, disse Natalia, quer dizer, mais barrigudo do que gordo; avantajado, tanto em tamanho quanto em idade. Angélica tinha sido precisa: um avô; branco, igual ao táxi. Quase terno. As meninas brigaram um pouco para embarcar, certamente porque ele dava mais que duas moedas e sempre as devolvia ao ponto de embarque com um sorvete. Mas naquela tarde ou noite – era perto das sete mas ainda estava claro – escolheu a Rainha, por ser a mais bonita. Rebeca não só era a mais bonita, deixou escapar o fotógrafo que acompanhava Natalia, era a polpa de uma melancia vermelha e suculenta; a quarenta graus, completou Gabriel.

Gabriel se esquivava de mim, como quando você muda de lado na rua para não cumprimentar alguém que você sabe que o viu, mas a quem não quer encontrar. Seguia as minhas mãos com um olhar de esguelha e enfatizava minhas intervenções com um silêncio que só Natalia e eu notávamos. Desde pequena, ele via em mim uma criança mimada, uma ranhenta que lhe causava irritação e ternura. Eu tinha quatro ou cinco anos quando Gabriel já ia à nossa casa procurando por Natalia. Ainda não eram namorados, mas era tão natural vê-los juntos como agora. Gabriel chegava de tarde, disparando piadas com o estilingue venenoso do seu humor.

Natalia batia nas minhas mãos, escondida: pare de tirar tatu, sua porca! Mas eu não podia resistir e metia o dedo no nariz até lá no fundo. O passatempo preferido da minha irmã era me pegar no flagra e o meu era saborear aquela coisa proibida e inconfessável. Gabriel não tinha como saber, porque Natalia nunca iria me dedurar, mas naquela época eu não sabia disso. Ignorava muitas coisas, entre elas o poder da língua. Ele tinha chegado logo depois do almoço, enquanto eu brincava sentada no chão do corredor, absorta comigo mesma. Oi ranhenta, disse, e eu, ao ver seus olhos postos na ponta do meu dedo, comecei a chorar. Natalia não podia se conter. Malvada, malvada, você é muito malvada, gritei. Gabriel não entendia nada. E minha irmã, em um acesso de riso, disse: ele fala isso com carinho, não é pelas tuas melecas.

Alguém perguntou novamente por Rebeca. Queria fazer uma abordagem psicológica. Aproximação psicológica. Natalia deixou que teorizássemos. Como descrevê-la sem simplificar usando um adjetivo obtuso? Alegre e extrovertida, dissemos. Não poderia ter sido coroada de outro jeito. Mas concordamos que é possível ser alegre de diferentes maneiras. Ter uma alegria corporal, que se traduz em um temperamento efusivo e, por vezes, agressivo, mas que se esgota com o esforço da vida, ou uma alegria mais racional, inoculada rotineiramente, mais determinante que o destino, à qual denominamos vagamente otimismo. Concordamos que a alegria de Rebeca deveria ser um pouco intransigente, isto é, estava lá apesar de tudo, e tudo já era um horror em sua vida. De qualquer modo, estávamos falando de uma alegria inconsistente e, nesse caso, quem sabe a personalidade extrovertida de Rebeca fosse apenas uma máscara, uma defesa. Parecia mais adequado à idade dela ter um temperamento tímido, alegre, sensível ao inesperado. Para ela, inesperado poderia ter sido quase qualquer coisa, até a mais insignificante: um vestido novo, uma mesa com toalha, água quente, ir ao colégio, que lhe dessem um presente sem que tivesse que se entregar por ele. Nós nos calamos.

Natalia disse que não sentiram falta dela até que a polícia a encontrou em um morro na beira do caminho. Ninguém sentiu falta dela porque Rebeca era como um gato, disse a avó, sempre ia e voltava. Rebeca gostava de viajar, de se perder, contou Angélica. A quem não lhe faz bem se perder?, pensei, encolhida pelo frio do ar condicionado. Por isso, tinha suas latinhas de cola de sapateiro no bolso. E ia longe. Quando a reconheceram no necrotério, Rebeca já não parecia uma rainha, sem os shorts e o cravo vermelho, sem o cabelo liso, que agora era um emaranhado. Estava coberta com um saco de juta, que deve ter sido usado para carregar batatas. A avó tinha passado ritualmente as mãos por todo o corpo dela, sem chorar. Certamente admitia que a morte não precisava de explicações, apesar de o sargento se esmerar na definição de asfixia e estrangulamento, uma vez que não tinha a certeza de um abuso. Angélica contou a Natalia que o corpo da sua amiga estava salpicado de cola, a mesma das latinhas, mas em grande quantidade e que, por isso, mal puderam distinguir as suas tatuagens de coração, de lagartixa, de estrela. A carne é triste, sussurrei. Mallarmé tinha razão. Gabriel esperava que Natalia entendesse seu sinal e mudasse de assunto quando o relato se tornou mais insolente. Mas o nosso silêncio a alentou a continuar. O jornalismo pode chegar a ser uma doença autoimune, desculpou-se ele. Algumas vezes é fácil ficar imune, acrescentou ela com sarcasmo, mas outras, outras você simplesmente se contamina. Natalia não podia deixar de se opor a Gabriel, mesmo que suas vitórias fossem insignificantes: ter a última palavra em uma conversa, fechar com engenho uma frase ou ser, de modo geral, muito mais atraente e encantadora do que ele. De repente, eu a vi muito cansada. Não tinha dormido bem durante os últimos dias e Gabriel, consequentemente, também não. Na insônia repetida, ela tratava de recompor, na sua cabeça, o assassinato de Rebeca. Mas não conseguia. Ele, que no início a havia acompanhado, agora pedia resignação: dorme, descansa, mulher. Gabriel riu. Todos rimos, inclusive Natalia, que a estas alturas também estava congelada.

    Aproveitando que abriam novas garrafas de cerveja e enchiam novamente os copos, escapei para o banheiro.

19

Eu me sentei na privada, aliviada com o morno e sufocante microclima do banheiro, onde não chegava o inverno artificial do bar. Só uma espécie como a nossa poderia ter aquela curiosidade científica, quase mórbida, com a qual conseguíamos falar de um estupro, de uma morte, sem perder o apetite. Belisquei minhas bochechas na frente do espelho, depois de molhar o rosto. Natalia era forte para aquele tipo de história. Se alguém sabia disso era eu. Lá estava ela, me levando nas costas, praticamente me arrastando até o ponto de ônibus porque não tínhamos dinheiro e, depois, tentando fazer com que minha febre baixasse com panos molhados e resmungando entre rezas: louca, sua louca... Deus te salve... Deus te salve, Maria. Voltei para a mesa.

Pelo que estavam explicando quando me sentei — e considerando o tempo formal e investigativo –, foi realmente pouco o que transcorreu desde que encontraram o corpo de Rebeca até que a polícia teve que acudir às portas da comunidade para prender o culpado. Umas quinze horas no máximo, disse Natalia. E o uso do verbo não era acidental: a polícia realmente "teve" que acudir, porque a comunidade não estava disposta a esperar os tempos "formais" e "investigativos". Apenas quinze horas em um país onde a justiça demora séculos. Mas, claro, disse Natalia, o tempo nunca é bom para os condenados... Também não foi para mim: foi o passar das horas, disseram os médicos, o que deu aos acontecimentos um destino trágico. Horas que Natalia não pôde esquecer porque perdeu a noção do tempo. Foi Gabriel quem a obrigou a sair do quarto, pegou um táxi e arrastou nós duas para o hospital. Eu, esvaída, perdida, imóvel. Minha irmã, transfigurada e trêmula, com os olhos perdidos pelo cansaço e pelo horror do sangue.

Às três da madrugada já não havia mais ninguém no bar além de nós. O fotógrafo abriu a boca, como um epílogo: acostumados à merda como estamos, disse, ninguém devia ficar surpreso com o tempo, mas sim com o modo como as mulheres encontraram o suposto assassino. Mas isso não tinha chamado a atenção de ninguém. Segundo contaram a Natalia algumas testemunhas que não quiseram ser identificadas, estavam sentadas no meio fio da calçada destruída quando viram um rapaz se aproximar do território delas. O moço tinha acabado de tomar banho, usava a camisa por dentro das calças e trazia uma tábua nas mãos. Guiadas pelo seu saber, sem dizer uma palavra, elas se olharam de esguelha, como aves. O rapaz sorriu para elas antes de perguntar por Rebeca. Responderam em bando, com uma gritaria violenta que em pouco tempo era multidão, à qual também se juntaram homens ébrios, cegos de álcool, animados para uma pancadaria. Natalia abreviou, condensando o drama: penduraram-no em um poste, cuja luz amarela desenhava o seu contorno como se ele estivesse sob o refletor de um palco. O resto foi, efetivamente, teatral: homens, mulheres e crianças rodearam o crucificado. Como no Carnaval, exorcizavam a fúria, não dançando, mas massacrando aquele corpo com pedras, paus e cintas, em nome da Rainha morta.

Gabriel contou que a polícia tinha descido o rapaz quase morto, com a cabeça e o corpo vencidos e a roupa feita em trapos. Natalia adicionou um dado sentimental: Angélica conservava a tábua de madeira que ele tinha levado como presente para Rebeca: uma tábua de cortar para a cozinha da avó. Era carpinteiro, explicou, tinha dezoito anos e media 1,70. Em seu depoimento, confessou ter pagado por Rebeca duas vezes. Quando estavam em sintonia, Gabriel e Natalia pareciam um casal de apresentadores de televisão. O encaixe era perfeito. Por algum motivo tiveram três filhos. Três. E a falta de um. A cada gravidez, minha irmã e seus olhos transgressores me olhavam como se quisessem evitar me machucar. Eu me esforçava em pedidos para que não se preocupasse, dizia que estava feliz por ela.

No coração de um jornal bate um relógio, disse Natalia. Falou isso envelhecida pela hora de fechamento, na noite em que teve de escrever o perfil de um assassino, sem ter nada em que acreditar. Poderia ter sido algum rapaz que estivesse de passagem, tinha dito ao seu editor. Para nós, disse que não sabia. Havia no semblante dela uma aura de remorso e, em sua voz, palavras de resignação. Havia obtido todas as declarações: Isaac Chingano, Saúl Rosales, Roque Pando, Juan Bustos, Juana Nomine, o fiscal, o investigador, o cacique, a avó. Todos com quem havia falado disseram que o caso estava encerrado, que a comunidade tinha se pronunciado e que a justiça tinha sido feita porque pegaram o culpado. Como não seria bem-vindo, disse Gabriel, alguém que te acalmasse e te permitisse seguir vivendo. Alguém que te salvasse, pensei, como Natalia sempre havia feito comigo. Como queria fazer agora, tentando convencer Gabriel a deixá-la ser minha barriga de aluguel. Finalmente desligaram o ar condicionado. No ambiente, instalou-se um silêncio perceptível. Quase um eco. Tive a sensação de que acendiam as luzes de um quarto em penumbra. Então, Gabriel perguntou: mas como souberam que foi ele? Que explicações eles te deram? E Natalia respondeu com um sorriso amargo: souberam que era ele porque amarraram uma fita vermelha no pé esquerdo de Rebeca, para que trouxesse o assassino. Ele foi o primeiro que chegou perguntando por ela. E, então, o que você fez?, inquiri de modo injusto, como se minha irmã tivesse que resolver tudo. Escrevi, desculpou-se Natalia, o melhor que pude.

A MOÇA

I

A moça tinha saído com pressa, deixando sobre a mesa uma indiferença afetada que não durou muito tempo. Por isso, com o café pela metade e se aproximando o final do jantar, chegaram inevitavelmente ao único assunto em que não tinham tocado, mas do qual nenhum deles podia se furtar. Eda, pelo menos, não pôde.

– E aí? – disse – Não podemos dizer que você não fugiu do lugar comum, hein?

Apareceram sorrisos discretos.

– Não é para tanto, Eda – disse Blas, forçando um sorriso.

– Quem diria? – interveio Duke. – Se fazendo de puritana?

– Olha você de novo! Ninguém pode te dizer nada desde que você virou ecologista.

Eda chamava de "ecologista" ao politicamente correto, que achava cada vez mais insuportável, assim como Duke.

– Diz a verdade, Eda, o que te incomoda mais? – Duke, com o seu habitual poder de síntese – As tatuagens ou que ela seja sul-americana?

Blas, que brincava com o guardanapo, levantou o olhar só para confirmar o impacto que aquelas palavras causariam em Eda.

– Mas que exagero! – Eda virou para a direita, tocando suavemente a mão com a qual seu amigo segurava o guardanapo. – Blas, desculpa que eu diga assim: essa mulher é uma vagabunda. Apenas isso.

– Como apenas isso?! – Duke riu, dando um tapa no ombro dela. – Puta merda! Ela é muito gostosa, cara. E mais uma coisa – dessa vez levantou a sobrancelha direita olhando diretamente para Eda –: é mais rodada que qualquer um desta mesa.

A moça, a quem nunca chamaram pelo nome, tinha muito mais tatuagens do que as que podiam ser vistas. Eda, que quando a conheceu havia feito o possível para não a desvestir com os olhos – porque, além disso, a moça era muito bonita, de verdade –, a primeira coisa que viu foi uma ave que levantava voo ao longo da sua nuca. É maori, a moça tinha dito, piscando um olho, ao dar-se conta da curiosidade de Eda. Duke, que não deixou passar aquele gesto de descaro, olhou para a serpente que a moça tinha tatuada no dedo, como um anel, e que seu amigo tocava com a ponta dos dedos. E o próprio Blas tinha ereções com a coroa de flores que rodeava o joelho da moça, passando pela sua panturrilha, até finalmente chegar ao calcanhar.

Blas não era exatamente um cara com experiência. Para Eda, esse era o problema: Blas não era «escolado», qualquer uma poderia enganá-lo. Como era tão bom partido, tão bonitinho, tão agradável, se entregava por inteiro. Dava pena que a primeira que parecesse demonstrar algo mais sério o amarrasse. Eda não se preocupava que a moça quisesse o dinheiro dele – que não parecia ser o caso –, porque Blas tinha uma boa vida e muitas já tinham se interessado pelo seu dinheiro, sem abalá-lo. Com as outras, Blas era meigo, babão e até um pouco distraído, mas nunca perdia a lucidez. Ele desfilava com elas, mesmo que não as levasse para a cama tão frequentemente. Elas bebiam uns *drinks*, passavam o verão com ele, enchiam os armários de roupa e depois iam embora ou o próprio Blas se cansava delas. Todas tinham o mesmo modelito: um bom corte de cabelo, pintado de um loiro aceitável, de boa aparência, com um casaco pendurado nas costas, amarrado no pescoço. Falavam pouco, eram meio moralistas, mas quando abriam o bico davam muito o que falar. Eda armava para elas e, depois, se divertia horrores. Foi assim com a última:

— Mas de onde a ideia de perguntar para ela sobre a política desta merda de país? — Duke a repreendeu.

— Nunca imaginei que ela fosse levar a sério — Eda respondeu, fingindo vergonha. — Blas, me desculpa, tá bom?

Blas tinha acompanhado as risadas reconhecendo que não poderia ter intimidade com alguém que se expressasse assim: *Olha, se a crise não te afeta diretamente, também te afeta. Deixa eu te falar que vejo como algumas pessoas estão sofrendo... Eu não, mas alguns amigos, gente com patrimônio, mas sem dinheiro, é...* — Blas não podia acreditar que tinha dado a opinião dela. —. *Porque o pobre de sempre, que vive pedindo e tal, bom, está acostumado.* — E que tivesse dito o "pobre de sempre". — *O pior é a pobreza das pessoas que tiveram trabalho, que vivem bem, e de repente perdem sua casa, não tem seguro desemprego... Tem cada coisa!*

A moça, a nova moça, ao contrário, era qualquer coisa menos descartável. Se via que era diferente a quilômetros, até mesmo em meio a uma cidade como Barcelona. Tão diferente que Blas começou a aceitar, a falar usando o plural: "nós", "vamos", "estejamos", o que enfurecia a Eda e alegrava a Duke, muito feliz de que Blas deixasse de estar sobrando. Para começar, a moça não se intimidava com as normas de urbanidade e etiqueta, menos ainda com as formalidades éticas, estéticas ou intelectuais desse mundo ao qual chegava como forasteira. Era inteligente, mas distraída. Não se incomodava em rir de si mesma ou dos outros, especialmente de Eda. Estava claro que não servia para desfilar, entre outras coisas porque não conseguia ficar com a boca fechada. Isso era o que Blas mais gostava, a sua presença ruidosa, que não respeitava os limites da distância corporal e que apagava a luz de Eda como um copo sem oxigênio sobre uma vela.

– Não dá pra confiar nessa moça – Eda tentava provar. – Basta olhar nos olhos dela para saber que está louca. Ela mesma nos disse que saía no braço com seu primeiro marido. Quase o matou e você se entrega para ela como um cordeirinho.

– O cara era um psicopata. Eda, um filho da puta – intervinha Duke. – Se ela não tivesse atirado, o cara a teria matado. O que você queria? – Blas ficava quieto.

– E que idiota se casa com um psicopata sem estar louca?! – Eda se desesperava.

Para seu alívio inconsciente, Blas não conseguiu escutar Eda, e o que ela disse sobre os estranhos hábitos da moça não o afetou. O que para Eda parecia um sinal de loucura, para Blas e Duke parecia ser mais uma característica da exuberante personalidade da moça. Por isso não impedia que Eda continuasse tagarelando sem discrição: como é que alguém que tem tatuagem na cabeça inteira, debaixo daquela mata de cabelo, não tem uma personalidade patológica? Como uma mulher que tatua o filho de dois anos como sinal de conexão espiritual não está internada no manicômio? Como é que uma mãe, que não é nenhuma incapaz, porque fala três línguas e é profissional, deixa o filho com os avós em outro continente para tentar a sorte trabalhando em um quiosque de praia? Puta merda, é uma louca!, dizia e era como se falasse com as paredes.

– Ela não vai com a minha cara. Se eu fosse criança, até diria que me odeia – advertia de vez em quando a moça diante dos atrevimentos de Eda.

– Bobagem, ela não te odeia. Eda é difícil, mas não é esse tipo de pessoa. Não leve a mal.

– Não levo – a moça incorporava um tom de malevolência. – A coitada é tão... – Blas ficou em suspenso tentando adivinhar o que viria.

– Rígida? É essa a palavra? – ele sorria, concedendo, e ela soltava uma gargalhada – É como se tivesse um limão apertado o tempo todo lá. – Blas lia os seus lábios apetitosamente vulgares. Aquela moça agitava a sua calmaria e ele se lançava com avidez.

– Vem, esquece da Eda, ela vai se acostumar.

E Eda não teve outra escolha a não ser se acostumar. Era isso ou as visitas cada vez mais raras de Blas, que já nem atendia seus telefonemas. No entanto, esta repentina aprovação não diminuía a dificuldade de engolir a moça e nem impedia que passasse por sua cabeça todo tipo de maldade e ideia engenhosa para deixá-la no ridículo e se livrar dela. Eda não conseguia parar de conspirar, apesar de seus pensamentos terem se esgotado ao ver reduzido a zero o seu poder de influência sobre Blas.

De qualquer modo, Duke foi muito mais rápido. Logo previu o que ia acontecer. Não era preciso ser um gênio. Blas iria se casar e alguém teria que assimilar a ideia. Era como se Blas tivesse querido provar para Eda e para o mundo a sua masculinidade, como se precisasse demonstrar que era, sim, capaz de levar a sério, que dava conta de uma mulher daquela envergadura. Por isso montou, segundo o gosto da moça e a opinião de Eda, um casamento brega, drástica e alegoricamente *kitsch,* com cadeiras de cores gritantes, passarinhos na gaiola, luzes de Natal penduradas de um lado e de outro e incenso em excesso, na qual Blas resplandecia contente de *smoking* e no qual não faltou o desvario de uma lua de mel de aventura. A moça tinha convencido Blas de entrar na floresta amazônica. Isso era uma coisa que nenhum dos seus amigos podia acreditar: Blas andando de canoa, acompanhado por jacarés, mosquitos e floras aquáticas fosforescentes. Mas as notícias de Blas chegavam confirmando isso. Vencendo os seus medos infantis, Blas tinha submergido no terroso leito de um rio que chamavam Madre de Dios, de onde emergiam botos rosa, de rostos parecidos com um melão. Inacreditável, pensava Eda.

Extraordinário, pensava Blas. A moça, para quem o rio era capaz de curar tudo, jogava-se na água sem roupa, nadava com os botos e depois se esfregava no barro da margem, cobrindo o cabelo, os ombros, o corpo inteiro, rodeada de insetos. Insetos perigosos, Blas tinha dito. O sol destacava o cume de sua pletórica anatomia. Blas acreditava numa intervenção divina, pela qual havia comido ovos de tartaruga, pecaris, piranhas, formigas, mandioca cozida e amassada com batata-doce e bebido cachaça, caldo de cana e, guiado por um xamã, o cozido de um cipó espiritual e alucinógeno que, para purificá-lo, o fez cagar e vomitar durante uma noite inteira.

II

Voltaram direto para um apartamento alugado por Blas na Horta Guinardó, perto do parque Güell, porque Blas queria surpreender a moça, pensando que em pouco tempo poderiam levar o menino para morar com eles e brincar no parque. Mas a moça ficou furiosa, achando que aquilo era uma emboscada e fez o seu primeiro escândalo.

– Não permito que você conduza a minha vida! – gritou, – E com o meu filho você não se mete.

Blas, que não era do tipo de implorar, implorou e prometeu que fariam tudo do jeito dela: desde as compras até as férias. A moça não respondeu. Desde escolher a música até os feriados. Outra vez o gelo. Desde os anticoncepcionais até a decoração. Nada. Então Blas se ajoelhou:

cinema, passeios, toalhas, bichos de estimação... Tudo seria como ela quisesse. A moça finalmente riu. Tinha demorado o seu tempo para perdoá-lo, mas no final lhe concedeu uma reconciliação apoteótica, que apagou do mapa qualquer repreensão e com a qual ganhou o direito de encher o apartamento de "porcarias", criticou Eda. No lugar dos quadros famosos, pendurou pareôs asiáticos, sobre os sofás brancos colocou mantas coloridas e nos abajures, arames nos quais pendurava fotos de Buda, mensagens de autoajuda ou poemas suicidas que já não produziam deboche, mas preocupação em Eda.
– Mas quem põe coisas desse tipo?
– Vamos, Eda – Duke –, põe quando não está bem. A moça tem enxaqueca.
– Quando a coisa ficar feia, quem vai acabar se matando sou eu, – dizia Eda –: porque vai ficar feia. E vocês sabem, mas estão se fazendo de cegos. Blas parece uma marionete – ruminava, apertando a alface embaixo da água, no preparo do almoço de domingo.
Passados alguns meses, no entanto, tudo mudou e ambos pensaram que já não seria necessário dizer nada porque Blas começava a dar mostras de sensatez. Tinha voltado da sua última viagem de negócios como uma bala, decidido a se instalar naquilo que ele chamava de uma vida "magistral" e que começou a modelar segundo o seu gosto e sem vacilar, no estilo do verdadeiro Blas. A ponto de que em pouco tempo arrancou a moça do quiosque e a persuadiu a aceitar as traduções que Duke conseguia para ela.
– Faz isso por mim, moça – Blas.

– E por quem mais faria? – respondeu, abatida, jogada no sofá.

Fez o mesmo com as coisas mais simples. Começou pela cozinha e terminou diminuindo as cores e banindo do apartamento todas as borlas, espelhos e penduricalhos. Tirou tudo sinuosamente no dia em que disse que ele mesmo ia pintar. Colocou tudo em uma caixa e a caixa desapareceu.
– Meu Deus! Isso parece um centro cirúrgico! – Duke brincou em uma noite de visita. Eda lhe deu um chute por debaixo da mesa e Blas continuou passando os copos. Se fazia de desentendido, mas a moça era esperta:
– Não se fiem no minimalismo – disse, pálida –. Isso vai além da decoração. Blas mudou dos pés à cabeça. Estou confusa. – Dessa vez nem todos riram.

Mas não havia motivo para surpresa. Blas sempre tinha se incomodado com os excessos étnicos. A única que parecia ignorar isso era a moça, que ia perdendo vivacidade a cada nova revelação de Blas. Ainda que, para ser sincero, o próprio Blas, ao ver alguns dos sintomas dela, se esforçou em relativizar o predomínio da sua perspectiva. De modo que as tardes ainda eram para ela. No final de cada dia, iam caminhar sobre os rios de lava do Parque Güell, entre as colunas em forma de árvores, parando sempre nas superfícies de *trencadís*, porque os mosaicos de vidro e cerâmica a encantavam e a faziam lembrar da floresta. Blas não interrompia o que para ele, em meio à cidade e ao sufoco do trabalho, não era mais que uma bobagem: os olhos do lagarto, as orquídeas, a plumagem dos pássaros. Ela acariciava os fragmentos coloridos, passava os dedos sobre o rejunte de argamassa e ficava enfeitiçada e sem falar por alguns instantes, que às vezes se abismavam nas profundezas das famosas dores de cabeça.

Esses silêncios da moça, no começo espaçados e em pouco tempo permanentes, deixavam Blas irritado. A magia se desvanecia no tamanho da sua pequena paciência. Tinha vontade de sacudi-la e dizer alguma coisa que a fizesse reagir, enquanto as palavras de Eda lhe apareciam como *flashes* de um fugaz arrependimento. Blas só conseguia desabafar com Duke:

– Cara, ela já não quer nada...

A moça não comia, não dormia, não tomava banho e nem queria transar. Apenas fumava, deitada com os olhos abertos, sobre os lençóis brancos.

– Nem dor de cabeça como gente normal ela tem – Eda falando pelas costas de Blas.

Davam-lhe umas crises que lhe partiam a cabeça e a deixavam prostrada, com o apartamento no escuro, durante o dia e a noite e o dia seguinte. Eram dores barulhentas.

– Tenho um enxame na cabeça! – chorava a moça para Blas. – Um barulho do demônio que vai aumentando de volume, como os bichos da floresta.

Blas não sabia se acreditava nela, se lhe oferecia um *beck* ou se a ignorava até que passasse a crise. Ele não lembrava dos barulhos da floresta. De fato, nunca tinha visto uma cigarra. Então, era difícil para ele se acalmar naquele temporal cheio de vacilações.

– Você vai ver que não é nada – se pronunciou Eda, mas desta vez sem a força contrária de Blas. Duke em silêncio.

A moça berrava no hospital, mas os médicos não conseguiram acalmá-la. Blas teria preferido um diagnóstico trágico, letal, mas lhe foi dado um superficial, que descrevia aquele estranho quadro como uma severa enteléquia que apenas serviu para desatar outra avalanche de suspeitas. Era um pesadelo para Blas estar parado na frente de um balcão de farmácia, pedindo calmante.

– Eu tinha que ter te dado uns tapas na cara para te salvar deste manicômio – disse Eda, atenuando a bronca com uma ternura alvoroçada, satisfeita por ter recuperado certa importância. Duke, irado, defendeu a moça.

Mas a moça não ajudava, estava perdida no fundo de um pranto inesgotável, que a levou a raspar a cabeça para expulsar a dor. Blas não conteve o horror de ver aquele crânio tatuado.

– Não vou dizer que eu avisei – Eda.
– Você tem uma educação incrível... – Duke.
– Deixa ela – disse Blas.

Duke sentiu o impulso de bater nele e de abortar no ato aquele iminente entendimento do passado, mas não teve coragem porque, antes, Eda lhe ofereceu o quarto de hóspedes.

| | |

A moça desejou ferir Blas de alguma maneira, mesmo que fosse apenas fisicamente. Alguma coisa como uma punhalada, um arranhão no olho ou uma mordida que supurasse em algum lugar visível da pele e que a esvaziasse daquela sensação de derrota e de ridículo que a prostrava.

— Você me abandona porque eu estou feia, idiota! – foi a única coisa que lhe saiu e Blas trataria de esquecer aquele pranto desesperado como se esquece da coceira de uma doença venérea.

— Vai, volta com aquela mulher sem buraco – disse –: você acabará os teus dias com Eda, mas sem vontade de comê-la! E com o outro alcoviteiro como testemunha!

Blas já estava fechando a porta quando a moça gritou novamente, arremessando contra ela os cinzeiros que encontrou pelo caminho:

— Traidor! – gemeu, tirando toda a chuva de um furacão, toda a água de uma tempestade, todo o líquido do rio do seu corpo até deixá-lo na esterilidade de uma seca que continuou doendo em sua cabeça.

Duke disse que ela tinha reagido graças a ele. Blas o conhecia suficientemente bem para negá-lo. Eda disse, no entanto, que Duke não era o tipo que conseguia salvar nem a própria mãe. Mas, apesar disso, todos sabiam que Duke tinha estado com a moça.

Era final de tarde, hora em que a claridade ainda entrava pela persiana, quando a moça abriu os olhos movida pelo persistente toque da campainha. Tinha sentado no sofá, colocado os pés no chão e, ao se levantar, havia se cortado com os vidros espalhados pelo chão. Pulando com o pé que não estava machucado, tinha aberto a porta e encontrado Duke, que estava passando para deixar o dinheiro das traduções.

— E você? Veio pra quê? – Duke contou que havia fechado a porta e, ao entrar, afastado os vidros para perto da parede, usando a ponta do sapato.

– Mas que olho você tem! – palavras de Duke. –. Não foram esses os cinzeiros de cristal que Eda deu de presente para vocês? Puta merda! Foi uma nota! A moça não tinha respondido. Permaneceu sentada mais um tempo, tentando encontrar suas sandálias.
– Mas, o que é que você fez? Deixa eu te ajudar – Duke contou que tinha ido até o banheiro procurar a caixa de remédios, que o havia limpado, mas que o corte era fundo.
– Vamos, te levo pro hospital – a moça tinha se soltado, colérica.
– Nem morta! – disse.
O cabelo já não estava raspado. Estava bonita, disse Duke, e Blas fez um movimento que não chegou a ser um sorriso. Uma incipiente mata negra cobria as tatuagens dela e as feridas que tinha feito de tanto coçar a cabeça já não apareciam.
– Você continua...? – tinha perguntado Duke, tocando-a no rosto.
A moça tinha perguntado por que contaria a ele, olhando para a persiana fechada. Mas depois reconheceu que os barulhos não cessavam, que sentia as veias pulsarem, se avolumarem e arrebentarem, que imaginava que lhe apareciam deformações na escuridão da insônia. Também disse que Eda talvez tivesse razão, que talvez estivesse louca. Duke tinha sentido remorso e prometido que a ajudaria. Ela tinha fechado os olhos, balançando o corpo repetidas vezes antes que ele se despedisse.
Blas encontrou o apartamento de Horta Guinardó totalmente desarrumado e recebeu a conta de uma passagem de avião no seu cartão de crédito. Sabia que o propósito

da moça não tinha sido atravessar o oceano para ir até sua cidade, nem para estar com seu filho. Também sabia que ela preferia estar morta a ser vista daquele jeito pela criança. E era isso. Duke tinha confirmado. Não podia pensar claramente, mas que seu filho se lembrasse dela como uma tralha, gemendo de dor, isso ela não queria. Do mesmo jeito que não queria outra coisa a não ser se jogar no rio.

O que veio depois fez parte de um mito que Blas e Duke voltaram a venerar e que Eda voltou a odiar. A moça tinha subido em uma canoa e navegado completamente embriagada, até que os homens da embarcação a deixaram na beira de um monte, onde um velho a encontrou.

– É preciso ter sorte até para ser puta – disse Eda.

A moça contou a Duke, por e-mail, que tinha aberto os olhos porque não conseguia respirar com a fumaça do tabaco no seu rosto e que o homem a tinha segurado pelo pescoço com a força das suas mãos, como se não pesasse nada. Blas se lembrou de umas mãos calejadas. Uma língua estranha. Uma beberagem amarga e repulsiva. A moça suspensa no cosmos da selva.

– Vocês não vão acreditar – disse Duke, fazendo um gesto de nojo ou, talvez, de arrependimento. – As cigarras desapareceram quando o velho fez cortes na cabeça dela, tirando dela larvas, vermes leitosos e compridos, em quantidade.

Eda ficou pálida. Duke, que acreditava conhecê-la bem, distinguiu nela a consciência da derrota. E Blas soube que a dor da moça e ele próprio haviam desaparecido nos olhos amarelados daquele velho. Então se sentiu patético, tomando café com Duke e Eda.

ALGUMA COISA PARA O JANTAR

Para Facundo

Depois de acontecer o que aconteceu, prometemos a Mamãe nunca mais tocar no assunto. E cumprimos a promessa. Ela nos ensinou a não mentir. Imagino que todas as mães façam o mesmo. Mas, quando ela dizia "não mentir", referia-se – com o passar dos anos finalmente consegui que meu irmão entendesse isso – não só a dizer o que fosse verdade, mas a alguma coisa muito mais simples. Para Mamãe, era feio mentir para os outros, mas era pior enganar a si mesmo. O que ela menos tolerava era aquilo de falsear para se safar, de querer somente o que era fácil ou de fingir para tirar vantagem. Como explicar? Ela preferia que você se ferrasse honestamente à brandura do purgatório.

Mais de uma vez a vimos ficar vermelha de vergonha – porque a sinceridade pode chegar a te diminuir – e, mesmo assim, encarar a verdade. Mamãe era enfermeira, o que é o mesmo que dizer que era fria como uma pedra de gelo. Trabalhava muito, principalmente à noite e em serviços particulares, onde ganhava mais. Mas isso não significava que tivesse estabilidade. Nem que o dinheiro sobrasse. De dia, trabalhava como contratada de uma clínica na qual o salário era rigorosamente nacional e o tratamento presunçosamente estrangeiro. Mas Mamãe, ao contrário de suas colegas, não se incomodava com isso. Afinal de contas tinha trabalho, dizia. E havia coisas para agradecer, repetia, tentando convencer o meu irmão, que naquela época tinha como *hobby* contradizê-la. Ele odiava as festas de final de ano, nas quais todos os funcionários – médicos, enfermeiras, administradores, assistentes sociais, advogados e até o porteiro da clínica – levavam seus filhos. Mamãe aparecia com a gente, apesar de seis filhos fazerem muito barulho. Era difícil alimentar e educar seis filhos. Este era o motivo pelo qual ninguém nos convidava e também a razão de ela manter as portas de nossa casa sempre abertas. Mamãe era capaz de multiplicar o jantar de seis pelo número extra de crianças que houvesse na mesa. O fato é que nunca perdemos a festa de Natal do seu trabalho. Primeiro, porque podíamos comer muito. Segundo, porque geralmente era no campo. Terceiro e melhor motivo, porque nos davam presentes. Coitadinha da Mamãe. Os presentes lhe caíam do céu como uma pequena gorjeta natalina. Para nós, já não tenho porque mentir, não era divertida essa coisa de tentar unir a água e o azeite e misturar os filhos dos médicos com a gente.

 Meu irmão gostava de deixar Mamãe em apuros, de colocá-la à prova. Era como se dissesse: "Vamos ver você se fazer de santinha agora!". Não poucas vezes – ele, que contava tudo para mim, me confessou – era mau sem querer sê-lo. Mas não havia pessoa mais correta que Mamãe e, por isso, mais previsível do que ela.

 Mamãe não era adepta de teorias ou discursos. Nunca impediu que contássemos o que quer que fosse. Te dava uma chinelada e pronto. Ou te atirava o que encontrasse pelo caminho: a escova de cabelo, a colher de pau, o rolo de macarrão, a panela vazia, as laranjas da fruteira... O mais comum, no entanto, era que tirasse o chinelo e batesse na parte detrás das nossas pernas: Plaf, plaf! Aquela descarga não devia doer muito — ao menos pelo que me recordo — porque eram maiores os seus gritos do que a sua força e porque — conscientemente — cada um de nós sabia que merecia e isso suavizava a dor.

Mamãe não era rancorosa, ao contrário do meu irmão, o único homem da casa. A raiva passava muito rápido para todas nós, mas ele se ofendia com ela e dizia que a odiava. Repetia em voz alta para feri-la, porque era ele quem mais levava chineladas. O que de injusto passou a ser normal. É verdade que não era possível ser o culpado de tudo o que acontecia em uma casa sem que houvesse a menor dúvida. Mas também era verdade que Mamãe já nem perguntava, pois quando o fazia, a resposta sempre provinha do mesmo lugar. Então, muitas vezes economizava tempo e arremessava-lhe a colher de pau. Meu irmão era frio como ela. E como ela, no final das contas, também se derretia. Não chorava quase nunca, nem mesmo quando Mamãe morreu. Só lembro de tê-lo visto chorar como uma menina uma única vez. É que ele não se importava tanto com a surra quanto com a vingança que teria mais tarde. E se vingou um dia, na festa de Natal da clínica. Contou para os filhos dos médicos que Mamãe nos batia. Meu irmão foi evasivo nos detalhes, mas categórico na afirmação:

— Sim — disse mostrando a parte posterior das suas pernas —, minha mãe bate na gente — os meninos riram. Meu irmão insistiu.

41

"Ah! Se não acreditam – desafiou – perguntem para ela!" Os meninos trocaram olhares e sorrisos maliciosos. A maldade pode ser infinitamente pura aos onze anos. Meu irmão não se compadeceu. Ele os viu saírem correndo, colocarem-se no grande círculo onde Mamãe estava conversando, rodeada de médicos, de administradores, das pessoas mais importantes da clínica.

– Senhora – gritaram, rindo – é verdade que bate no seu filho? – produziu-se um silêncio imediato entre os adultos, surpresos com a pergunta.

Mamãe ficou vermelha como um tomate, de longe nós a vimos vacilar, mas rapidamente se recompôs.

– Claro – disse com humilde altivez –, quando procura, eu lhe dou uma chinelada – os adultos riram.

Achamos que Mamãe daria pelo menos umas dez chineladas no meu irmão quando chegássemos em casa, mas a única coisa que fez foi dizer: "A vingança é um prato que se come frio, não é?". Não estava chateada nem de mau humor. Só tinha os olhos fundos e os seus lábios tremiam um pouco. E mesmo sem ter levado bronca, meu irmão chorou, baixinho, no travesseiro, como se tivesse recebido uma surra. Eu escutei, do alto do beliche. As cinco escutamos.

Aquela não foi a primeira nem a última do meu irmão. Mamãe amiúde sofria com as suas travessuras, mas depois as contava com certa alegria, orgulhosa dos seus atrevimentos. Só uma mãe pode transformar em ternura as maldades de um filho. Que fique claro que a educação de nossa mãe era à moda antiga, o que acabou forjando em meu irmão uma fama terrível, que o antecedia e que ele se esforçava em confirmar.

Ela nunca teve um marido por muito tempo. Acho que acabou gostando de ser uma mulher heroica: ela, com seus filhos, contra o mundo. Mas a verdade – *a puríssima verdade*, dizia meu irmão – era que Mamãe tinha medo da solidão. Inflamava a sua força com a compaixão com que o mundo a brindava, com a admiração e a surpresa que provocava o fato de que, além de seis filhos, ela sempre tivesse um desocupado a quem manter. Cinco maridos, enquanto estivemos todos juntos. "Pai" foi uma palavra sem uso na nossa infância. Meu irmão decidiu usá-la quando fez sete anos. Do nada, ficava melancólico, sem apetite, triste. Mamãe lhe perguntava:

– E agora o que é que você tem? – encostava o lábio na sua testa para ver se tinha febre.

– Nada – ele respondia com os olhos voltados para baixo.

– Como, nada? Então por que você está tão quieto?

– Sinto saudades do papai.

Ela gaguejava. Olhava-o com sentimento de culpa. Saía e voltava com uma gelatina.

Acho que se meu irmão tivesse feito essa cena uma ou duas vezes, continuaríamos acreditando nele. Mas ele era exagerado. E Mamãe, que não era boba, tirou-lhe a máscara:

– Farsante! – lhe disse – Se você nem se lembra do seu pai!

– Claro que me lembro.

– Então, é melhor deslembrar.

Meu irmão continuou brincando com o seu carrinho, como se não fosse com ele. Mamãe podia ser tão fria quanto um congelador.
— Escuta aqui — ela o segurou pela camiseta. — Talvez ele tenha gostado de você, mas foi embora. Portanto sou eu quem te cria e te dá de comer. Teu pai e tua mãe sou eu e ninguém além de mim. Me entendeu?
— Sim — ele afirmou, abrindo um grande sorriso no rosto. — Já sabia — e saiu correndo.

Mamãe odiava tanto a mentira que uma vez colocou pimenta na boca do meu irmão para que não voltasse a dizer que ela era médica e não enfermeira. A professora tinha encontrado com ela na clínica e depois perguntado diante de toda a turma se Mamãe trabalhava lá. A turma havia ficado em silêncio. Então, meu irmão engoliu a saliva, como fazia quando ia contar uma mentira:
— Sim, profe — reafirmou com a cabeça —, minha mãe é médica.

A professora o adulou com um quê de conveniência, ocasionando um murmúrio de inveja entre os alunos. O mal-estar de um súbito remorso apertou o coração do meu irmão. Meu peito parecia um punho, ele me disse. Mamãe quase morreu de raiva quando a professora pediu que ela a examinasse.

— Da próxima vez que você inventar mentiras, vou te dar semente de pimenta — gritou, enquanto meu irmão mordia as nervuras de uma pimenta com os dentes, sem deixar escorrer uma única lágrima.

Quando fez treze anos, meu irmão aprendeu a dirigir. Não me lembro quem o ensinou, mas ele já esquentava o velho Renault de Mamãe. Avançava e retrocedia. Ia com ela ao mercado só para levar o carro até a entrada de casa. Ela o deixava dirigir nesse pedaço.

– Quando dirigir bem – ele lhe prometia, segurando-a pelo braço – vou levá-la visitar seus pacientes à noite e a esperarei no carro.

Minha mãe dava um meio sorriso, essa mistura de pessimismo e fé duvidosa que sempre teve à flor da pele.

– Quer apostar? – soltava ele – Me deixe o carro e verá que ninguém vai dirigir como eu!

– Vamos ver mais pra frente.

Mas o "vamos ver" nunca significou "não se fala mais nesse assunto". Para o meu irmão, aquela expressão continha uma promessa implícita, uma realidade tão próxima quanto a sua teimosia. Aprender a dirigir perfeitamente se transformou em seu único interesse. Ficava treinando imaginariamente, sentado no sofá da sala, trocando as marchas. Falava das cilindradas dos motores, dos pilotos – Fangio, Ascari, Farina, Niki Lauda, Emerson Fittipaldi, Ayrton Senna, Schumacher... – e das vantagens do mecânico *versus* o automático. O carro da Mamãe era mecânico e ele o enaltecia.

– Mamãe, um mecânico é a melhor coisa.

Ela ria.

Os amigos do meu irmão, Marlon e Josué, o seguiam. Meu irmão inculcou neles a sua paixão pelas corridas. Também a sua imprudência. Josué era filho de um brasileiro, treinador de cavalos, cujas economias eram tão curtas como as nossas. Não, pior que as nossas. Às vezes Josué chegava na cozinha, morto de fome, e devorava o que encontrava pelo caminho, como se fosse uma multidão. O pai dele não tinha carro; mas era uma boa pessoa, sempre disposto a ajudar. Mamãe simpatizava com ele. O padrasto de Marlon, no entanto, era um caso à parte, Mamãe opinava com discrição, pois não gostava de falar mal de ninguém. Ela proibia que repetíssemos o que diziam no bairro, porque nós não sabíamos que ele traficava. Mas o padrasto de Marlon tinha um Le Baron mecânico de vidros com película. Dirigia-o supostamente como táxi, seguindo a rotina circular e infértil do hoje não e do amanhã tampouco, mas sempre tinha dinheiro. Passava os dias rodando com as mesmas pessoas dentro do carro e bebendo na rua até de madrugada. Batia em Marlon e na esposa, mas não com chinelo, de um modo que não dá para contar. Mamãe tinha cuidado deles uma vez. Marlon também era um morto de fome. Também devorava tudo, mas depois de ter comido na casa dele. Seu padrasto lhe dizia: "Vai e aproveita". E ele vinha e aproveitava. Mamãe não se importava.

— Se vem é porque precisa — nos dizia —; então, que aproveite.

Um dia, enquanto jantávamos depois de ter lavado o carro do seu padrasto, Marlon disse:

— É um desperdício ter um carro e não usar.

Os olhos do meu irmão brilharam.

— Deixa o carro em paz e come. — Sem que ele percebesse, Mamãe olhava para Marlon com pena. Ele sempre tinha um olhar apagado, mesmo quando sorria.

O carro passou a ser uma obsessão. No começo, os três lavavam o Le Baron todas as tardes que podiam. Isto é, todas as tardes em que o padrasto de Marlon dormia e não saía para passear. Mamãe não gostava que ninguém mandasse os seus filhos fazerem coisas, mas meu irmão fazia por puro gosto, assim como os outros dois. Enfiavam-se por baixo do motor, olhavam o óleo, os freios, o escape e até os mecanismos escondidos dentro das portas. Passavam horas sentados na calçada estudando, sem se aproximar do carro, guiados pelas intuições de Marlon e meu irmão, que tinham trabalhado juntos como ajudantes em uma oficina durante as férias. Meu irmão animava o amigo, tirando sua sabedoria mais radical dos ditados de Mamãe. Marlon concordava em silêncio. O Le Baron se transformou no carro mais limpo da quadra. Mamãe se queixou:

– O que tenho que fazer pra que lavem meu carro assim?

– Pagar – meu irmão, de mau humor.

– Quanto? – Mamãe.

– Muito – outra vez meu irmão, secamente.

– Bah! – disse ela – Então não quero nada.

Sabíamos que era mentira. Mamãe não era boba. O padrasto de Marlon não dizia nem muito obrigado. Ao contrário, era capaz de cobrar deles porque era ele quem fazia o favor de deixar que mexessem no carro. Mal falava com Marlon e quando o fazia o humilhava, principalmente se estava acompanhado. "Anda logo!", gritava se Marlon tivesse começado a ensaboar a lataria. "Anda, burro". Marlon se apressava. "Aaaaandaaaa, imbecil!", apressava-o ainda mais. "É um inútil mesmo – ria – igual à mãe". Marlon queria matá-lo. Uma vez, com meu irmão e Josué como testemunhas, o homem tirou do assento traseiro um calção, cheirou-o e o esfregou na cara de Marlon, para logo guardá-lo no bolso. "Cuidado com isso de ficar tirando coisas do carro, hein?", advertiu. Meu irmão e Josué olharam para o outro lado e Marlon mordeu a língua para segurar a raiva. Não havia nada mais importante do que aprender a dirigir e o Le Baron, bem ou mal, era onde podiam fazê-lo.

Então, a missão do meu irmão era ensiná-los a dar partida e a dos outros, vigiar para que ninguém aparecesse. Planejavam tudo. Por isso é que sempre faziam viagens curtas, cheias de adrenalina e cautela. No dia do desastre, colocou a chave e girou. O carro deu um pulo asmático porque não estava no ponto morto. Meu irmão se deu conta do erro. Desligou. Respirou fundo para se tranquilizar. "Que burro", disse em voz alta. Desengatou a marcha, virou a chave novamente. Agora, sim. Engatou a primeira, partiu devagar, apenas uns três metros. Depois deu a ré e o carro terminou no mesmo lugar do começo. Seus amigos o seguiram. Josué foi primeiro, estava mais treinado. Marlon, não. O carro gemia porque Marlon era lento para sincronizar a primeira com a embreagem.

– Vamos, engata de uma vez – disse meu irmão descarregando nele toda a pressão do seu nervosismo. Marlon sentou na frente do volante. Josué também o incentivou.

Marlon não teve remédio a não ser fazê-lo. "É agora", disse e o fez bem, ainda que os seus joelhos não parassem de tremer.

– Você vai desmaiar – disse Josué rindo –: Fique tranquilo!

A rua estava quase deserta. No meio da tarde, as ruas sempre estavam quase desertas. O calor asfixiava como às mulheres em luto sob o sol. A camiseta de Marlon estava molhada nas axilas e no peito. Sua testa brilhava.

– Estamos prontos, já é hora – disse com voz de combate e os outros dois se olharam –. Vamos de uma vez – subiu o tom, decidido – ou vão amarelar?

A rua atrás da nossa era mais movimentada nas horas de pico, porque estava às portas de um grande colégio e de uma delegacia de polícia. Por ali, pipocavam crianças e muitos carros estacionavam perto da hora do sinal de saída. Marlon aproveitou o impulso para avivar a sua perspectiva e colocar o seu plano em execução:

– Quem falou em medo? – gritou, batendo no volante com a palma da mão.

Recebeu um conciso rebote de silêncio. Por um segundo, se viu abandonado.

– Quem falou em medo, caralho?! – imitou a voz de comando do meu irmão.

– Ninguém – gritaram os três.

Meu irmão estava receoso, apesar de tudo o que tinham falado, mas não se deteve diante da ideia da rua aberta como um destino que eles tinham se proposto dominar.

Foi impecável ao ligar o motor. Ao passar, cumprimentou dona Micaela, a vizinha dona da loja, e pensou que, como era amiga de mamãe, os dedaria. Engatou a primeira e até trocou para a segunda, no momento em que a caixa começou a se ressentir com a velocidade ascendente. Já tinha dado praticamente a volta inteira quando deixou passar um ônibus, virou à direita, entrou na esquina da nossa quadra e freou bruscamente ao chegar. As pernas também lhe tremeram, me disse. Depois dele foi Josué, que nunca se fazia de mais esperto, de mais macho, nem de melhor.

— Estou nervoso — confessou. Ninguém respondeu. Josué arrancou o Le Baron aos tropicões. Mas arrancou. Seguiu a uma velocidade estável de trator que não demandou nenhuma troca de marcha. Quando passou pelo colégio, a rua já estava cheia de carros estacionados, mas vazia de crianças. Meu irmão respirou. Josué contornou a quadra com uma lentidão infinita, parou e desceu do carro como se tivesse sido expulso de repente.

— Minhas mãos estão suando — secou-as na calça.

Meu irmão ria a gargalhadas da cara de Josué. Na verdade, ria de nervoso.

Era a vez de Marlon. Já não parecia tão animado, nem tão seguro. Meu irmão disse que ele estava meio verde, como se fosse vomitar.

— Se quiser paramos por aqui — disse meu irmão.

Marlon não titubeou em sua frieza. Trocou de lugar com Josué. Não respirou fundo, não mexeu no câmbio para ver se estava em ponto morto, não revisou os procedimentos combinados e nem fez o sinal da cruz que os três faziam antes de começar. Arrancou abruptamente. O carro pulou, mas logo recompôs a sua marcha. Marlon acelerou um pouco, para mudar de velocidade. Deu até a seta para virar. Estava com aquela expressão, meu irmão disse, que causava tanta pena em Mamãe.

— Não tão rápido, cara! — gritou Josué —, o plano é que a gente saia vivo.

Em vez de reduzir, Marlon pisou ainda mais ao entrar na curva. O carro rugiu, desviou um ônibus, uma moto, um táxi, um carrinho puxado por um cavalo. Do nada, apareceu uma mulher com duas crianças pequenas, petrificada no meio da rua. Já não havia tempo para frear. Meu irmão puxou o volante para a direita, violentamente. Josué se grudou no assento e Marlon no painel. O nariz do Le Baron bateu no muro da delegacia de polícia, derrubando a parede de tijolos. Saía fumaça do capô, enrugado como uma folha de papel.

Marlon se virou para verificar se Josué e meu irmão estavam sãos e salvos. Parecia que seus olhos iam cair. A sua voz havia sumido. Meu irmão o empurrou para fora do carro e desembarcou de um pulo. "Agora que chegamos até aqui você não vai amarelar", lhe disse. Josué era o mais sereno.

— Calma — disse — os homens já estão chegando.

Soou o sinal do colégio. Em um segundo estavam rodeados pelos gritos de adultos e crianças. No campo visual do meu irmão, as únicas coisas que existiam eram os sinais de Josué, os assentos do carro expostos tal e como os tinham deixado com as portas abertas, e as calças molhadas de Marlon. Demonstração do seu medo e também da sua coragem. Perguntaram quem dirigia. Marlon continuava mudo. Meu irmão respondeu mecanicamente

51

com a prontidão que Mamãe exigia nos interrogatórios domésticos.

– Eu – tragou e tremeu a voz.

Os policiais os levaram para dentro da delegacia e os encheram de perguntas. Responderam prontamente, como se nunca tivessem visto na televisão que tinham direito a permanecer calados. Disseram atropeladamente de quem era o carro e o policial anotou "do padrasto", depois de Marlon ter ditado o seu nome completo. Explicaram que cada um deu uma volta na quadra e o policial disse em voz alta: "sem autorização". Meu irmão repetiu que tinha sido ele quem bateu, que era a primeira vez que dirigiam o carro, ao que o policial adicionou: "sem danos humanos".

Anunciaram que o carro ficaria retido. Marlon se desesperou. "Merda, merda, ele vai me matar", repetiu muitas vezes, passando as mãos pelo rosto e suplicando que não tirassem nada do carro. "E o que tem demais nesse carro?", disse o policial. Josué se dirigiu a Marlon: "Fica tranquilo, não vai acontecer nada com você". Mas Marlon soluçou desesperado: "É que você não sabe quem é esse cara. Vai me matar!" O policial escreveu no seu caderno. Meu irmão ficou bravo: "Então se faça de morto e pare de chorar, merda!".

O alvoroço foi tão grande naquela tarde que Mamãe e eu, que vínhamos da clínica no Renault, não conseguimos chegar em casa. O bairro todo já sabia do acontecido. Dona Micaela fez sinal e paramos na frente da loja dela. Como meu irmão tinha previsto, ela os dedurou nos mínimos detalhes. Mamãe dirigiu como um raio até a delegacia de polícia: "Meu Deus, meu Deus!", dizia. Senti um nó na minha barriga. Chegamos. Pediu para falar com o policial responsável pelo caso e o escutou com paciência. O senhor tem certeza que foi o meu filho?, perguntou, porque não era o que a vizinha tinha lhe contado. O policial respondeu que isso tinha dito o menino. Mamãe sabia reagir quando as coisas não corriam bem. O policial lhe explicou que com as declarações que tinham seria rápido reconstruir o acidente e que poderiam liberá-los depois de preencherem os papéis e pagar. O pai de Josué estava no campo e o padrasto de Marlon não dava sinais de vida. Mamãe disse que se tinha que pagar para soltarem o seu filho o faria, mas que primeiro queria falar com ele. Disse isso com uma amável integridade. Deixaram que entrássemos, enquanto inspecionavam o carro. Na cela, vimos primeiro Josué, que estava de pé e acenou para nós. Marlon estava em um canto, encolhido como um vulto. Meu irmão, encostado nas grades. Quando nos viu, engoliu em seco. Se aproximou. Mamãe segurou as suas mãos:

– Menino, que merda, por que disse que a culpa era tua? – lhe disse em voz baixa, apertando o seu braço. Meu irmão não se soltou. Ficou quieto antes de falar.

– Mamãe, por favor, não vá fazer confusão – ele lhe suplicou, olhando de cima para Marlon. Ela o acalentou com o olhar. Marlon tinha os olhos terrivelmente inchados.

– Você vai ver quando chegar em casa. Vou colocar pimenta na tua boca – os olhos do meu irmão se encheram de água. Mamãe apertou a sua mão e depois disse, com a voz mais alta, em direção ao interior da cela –: E vocês, meninos? Estão com fome? Trago alguma coisa para o jantar? Voltando para o escritório, o policial nos explicou que a confusão era grande porque o carro estava "carregado". "Um trabalho de profissional", disseram. Naquele momento as imagens começaram a disparar na minha cabeça, como se saíssem de um velho projetor de cinema no teto do nosso quarto, no escuro. A polícia procurava o dono do veículo, enquanto Mamãe ligava para o advogado da clínica. O resto aconteceu como em um filme. A mãe de Marlon parou de chorar e declarou o que todo mundo no bairro sabia. A de Josué era tão serena quanto ele. O padrasto de Marlon despareceu no mundo. Não o encontraram naquele dia nem em nenhum outro. Mamãe pagou o advogado, além dos danos, pelos três meninos, com um empréstimo no seu trabalho. Os pais de Josué prometeram lhe devolver a sua parte, mas em pouco tempo voltaram para o Brasil. A mãe de Marlon também foi embora, mas porque Mamãe a aconselhou. E meu irmão se livrou das chineladas e da pimenta. Esta é uma história sobre a qual nunca mais falamos. Naquela época, Mamãe tinha proibido que falássemos e, quando morreu, já tinha passado muito tempo para nos lembrarmos dela.

A NOITE DA ESTREIA

I

Relembrando, era capaz de se dar conta de que poderia ter feito alguma coisa para evitar o acontecido. *Carmen* sempre tinha aparecido na sua vida como uma casualidade aparentemente insignificante, que terminava embaralhando tudo. Já era muita coincidência que anunciassem sua estreia no teatro Colón justamente naquele dia, em que tudo vinha acontecendo de uma maneira diferente. Mas ele não se deu conta. Talvez porque fosse uma figura estranha. Mais do que da sua estranheza, seria mais justo falar da sua singularidade. Pois o que poderia ter de incomum um tintureiro, que além de ser fã de música tinha um quê de abobalhado, um pouco de retardo ocasionado pelos muitos anos que seus pais tinham quando decidiram trazê-lo ao mundo? Nada de especial, realmente, considerando que na tinturaria o trabalho é mecânico e rotineiro: pôr e tirar roupa, colocar detergente, dobrar e passar. E em meio ao automatismo, à irreflexão e à mecanicidade do trabalho água–seco–vapor, a música é um componente a mais do cenário. Um paliativo clássico das lavanderias.

Também não era estranho que gostasse da música lírica – existe gosto para tudo –, menos ainda que a escutasse em volume alto. Em todas as lavanderias imperam as caixas de som sobre os tambores das lavadoras e das secadoras. O singular era que lhe parecesse tranquilizador o rum-rum das máquinas e sua temperatura, porque achava que ali era o lugar ideal para pensar. Mas não refletia em sentido filosófico, que não se entenda mal. Pelo contrário, detestava os circunlóquios da mente porque não eram para ele. Gostava simplesmente de imaginar. Entre os longos intervalos da centrífuga ou da máquina de secar, representava as óperas que escutava, compondo ovações ou movimentando os personagens da sinfonia ao recitativo ou de uma ária até os coros, no primoroso cenário de um teatrinho de papel que era uma cópia fiel do Teatro Nacional da Opéra-Comique de Paris, que havia herdado depois da morte de seu pai.

O teatrinho – este é um dado – não tinha para ele um valor sentimental, mas lúdico. Seu pai, que tinha sido eletricista dos principais teatros de Buenos Aires, o encontrou em um depósito, abandonado e cheio de pó, e o roubou. Em casa, o teatrinho adquiriu o *status* de relíquia, devido ao nervosismo que o fato do filho tocar qualquer objeto delicado produzia no pai. Somente poderia pegá-lo ao voltar do cemitério, na dor do apartamento vazio. Era uma réplica detalhada do cenário parisiense, no dia da estreia de *Carmen* que, segundo o relato do pai, tinha sido um autêntico fiasco e que, como consequência trágica, tinha provocado a morte de Bizet, três meses depois, de um ataque cardíaco.

A lavanderia abria ao público todos os dias às dez da manhã, mas ele chegava mais cedo. Sempre às oito. Nesse meio tempo, não só aprontava e limpava o local, mas também deixava as sacolas preparadas, arrumadas uma ao lado da outra nas prateleiras debaixo do balcão principal.

Um pouco antes das nove já estava livre para fazer o que mais gostava, que era brincar, e o fazia com dedicação infantil. Descia o teatrinho da estante, colocava-o em cima de uma mesa quadrada que estava na parte dos fundos da loja, atrás de todas as máquinas, e punha a música adequada para a representação. Com os personagens no proscênio, se entregava ao prazer de movimentá-los por todo o périplo musical.

Mas como os heróis do teatrinho eram limitados ao elenco original de *Carmen*, o tintureiro também dedicava horas do seu dia para confeccionar os protagonistas das outras óperas que interpretava. Desenhando e depois pintando a óleo as pequenas vestimentas, sobre silhuetas previamente moldadas em papelão. Que não se pense em fantoches ou esboços, é preciso deixar claro: cada um dos integrantes do elenco era finalizado com colorida precisão. Se não fosse assim, o tintureiro se sentiria em dívida com sua costureira e também falecida mãe. Havia aprendido com ela que, para materializar a essência de cada personagem, era preciso um vestuário, uma segunda pele que desse credibilidade à ilusão. Não por acaso, sua mãe tinha vestido tantos corpos nos bastidores. Corpos hoje anônimos, aos quais ele nunca prestou a menor atenção. Exceto a um: feminino, seminu e um pouco gordo, que sua mãe tinha medido algumas vezes e que ele observava se transformar nas estreias. Abrir-se e transcender desde as entranhas da sua voz, entronizado pela luz dos refletores e erigido pela supremacia das vestimentas. Um só corpo, sim, que se converteria na joia de Bizet.

Já não era um menino de rosto fofo, ou pelo menos não parecia, porque lhe tinha crescido uma barba que lhe caía bem. Percebia melhor as coisas e lidava sem sobressaltos com a solidão, pois de algum modo os seus pais estavam presentes em cada um dos seus pensamentos. De forma que se sentia quase acompanhado. Esse quase – é preciso salientar –, às vezes se transformava em pouco e esse pouco em profundeza quando voltava a sonhar com *ela*. Já tinham passado mais de quarenta anos, mas ainda sentia um estremecimento perante a lembrança do seu riso e dos tecidos em volta da sua pele rosada, dotando de matéria cada personagem que lhe cabia interpretar. Esse tintureiro, que vivia entre roupas, as considerava muito mais do que trapos sujos e as via muito além do seu sentido estritamente utilitário, porque elas atribuíam sentido ao destino final dos acontecimentos. As vestimentas caracterizavam os corpos. Nisso acreditava o tintureiro, consciente de que a sua própria vestimenta, cada dia mais insignificante, indecifrável e cinza, o descrevia.

Por isso, gostava de adivinhar a vida das pessoas pelas suas roupas. Uma moça negra subia no ônibus e ficava olhando pela janela. O cabelo estava preso em um coque com uma tela bordô, como um turbante. Duas grandes argolas com contas, o rosto sem maquiagem e o pescoço sem adornos ou com o único adereço da sua grossa clavícula. Usava uma túnica comprida, também bordô, com bordados nas mangas e a gola de um lilás claro. A túnica tinha nas costas um capuz que, jogado para trás, mostrava a pele e insinuava a origem de umas costas elegantes e musculosas. Nos pés, a moça calçava babuchas de couro e meia-calça branca opaca, cuja aderência revelava as juntas grossas de tornozelos acostumados ao trabalho. A moça era bailarina, se dizia o tintureiro, e quando a via descer e andar como pato, confirmava a sua aposta. A vida do tintureiro um tanto lento, que amava a música e tinha uma existência tão comum e rotineira como a de uma mariposa, emergindo unicamente à noite, com suas asas marrons, pequenas e atrofiadas, nada tinha de emocionante. Se sentia menos do que isso ao fechar a lavanderia, todas as noites às oito em ponto. Depois, andava três quadras à direita pela mesma calçada da Tucumán, atravessando a rua e cruzando a praça pelo meio, até alcançar, do lado oposto da calçada, a entrada principal do teatro do seu pai, isto é, do teatro Colón. Ali acompanhou seus pais, durante tantas horas da sua infância e adolescência. Entre refletores e cabos grossos; atrás, acima ou debaixo do cenário, mas nunca diante dele, sentado nos assentos. Não era uma reclamação, apenas uma enumeração cronológica de suas lembranças: as luzes do poderoso lustre aceso não o haviam tocado, nem o abrir e o fechar das cortinas visto da plateia. Sim, era nisso que pensava durante não mais de dois minutos ao atravessar a rua e deixá-la para trás, caminhando para o seu apartamento.

11

Uma tarde chegou à lavanderia uma mulher com uniforme de empregada doméstica, o cabelo curto e as mãos delicadas. Colocou sobre o balcão uma caixa ovalada – de um palmo de profundidade e forrada com seda preta – que definiria o rumo dos acontecimentos que iriam suceder. Abriu-a e tirou de dentro dela um fraque, fedendo a naftalina. A mulher quis deixar anotado que entregou seis peças, inclusive a cartola de seda, que estava manchada por dentro e tinha um cheiro forte de umidade. O tintureiro considerou o encargo, avaliou cuidadosamente para dar o preço e não ser muito otimista ao oferecer um resultado mediano, minimamente satisfatório. "Vamos ver o que é possível fazer. Deixe tudo e eu lhe telefono", disse, como seu pai tinha lhe ensinado. A empregada encolheu os ombros com indiferença. Era o encargo mais interessante que recebia nos últimos anos. Não lembrava de nenhum outro parecido. Tinha recuperado finos vestidos bordados, rendas, organzas, *shantungs* de seda, *chiffons*, linhos... Algum *smoking*, mas nunca um fraque!

O tintureiro esperou ficar sozinho para analisar a vestimenta. Pegou a sobrecasaca preta, examinando se não faltava nenhum botão e o mofo não havia afetado a integridade da peça. Respirou ao comprovar que, ainda que o lenço de seda branco do bolso precisasse ser branqueado, a cauda aberta em duas estava ilesa. A calça era do mesmo gênero da sobrecasaca e sem pregas, com galões de cada lado, ao longo de toda a perna. Também estava o colete de moiré de seda que deveria ser marfim perolado, mas que em suas costuras laterais estava discretamente amarelado. A camisa branca era de fio fino com os punhos de duas casas para abotoaduras e gola alta. O tintureiro pensou que, bem engomados, tanto as pontas do colarinho quanto o peitilho ficariam novos. Por fim, tirou de uma pequena sacola transparente a gravata borboleta, em melhores condições que o colete. Estava perfeita. Olhou o conjunto e não pôde evitar a impressão de ter experimentado uma epifania.

Naquela noite levou a caixa consigo, porque queria começar a tarefa sem demora. Caminhou três quadras pela Tucumán, atravessou-a, cruzou a praça. Era mais aconchegante estar na praça sem a multidão que a invadia pela manhã e o aterrorizava. Não tinha latidos nem buzinas, somente as sombras humanas indo e vindo, mais lentamente que nas primeiras horas do dia, como se fossem figuras ainda sem pintar. O teatro estava iluminado por todos os lados. Tinha espetáculo e cartazes de anúncio. Chegou na entrada principal, continuou pela rua do lado direito e leu na marquise: "Caaa-rrr-men". A coincidência era incrível. Vieram à sua cabeça a cigana, o ciumento e o toureiro do seu teatrinho de papel, sem ímpeto suficiente para detê-lo por muito tempo, naquele exato lugar da quadra. Não soube entender então que o que parecia ser um suspiro de resignação era, na verdade, o desejo inconcluso da sua inesperada excitação, condenada ao sufocamento desde que nasceu. Sua magra e tintureira vida não podia permitir nenhum bater de asas vertiginoso.

Mas depois, sentando diante da mesma mesa de costura da sua mãe, debaixo do mesmíssimo abajur que seu pai havia instalado e com a melodia de *Carmen* na privacidade dos seus tímpanos, decidiu voltar a vê-la. Mas desta vez não seria das sombras. E eles, seus pais, ficariam orgulhosos, onde quer que estivessem. Deixariam de se entristecer pela sua melancolia ocasional. O tintureiro tomou aquela determinação como um ato de revanche contra si mesmo, motivado pelas várias ocasiões em que não tinha feito nada para se declarar porque o medo premonitório de que ela lhe dissesse não o havia imobilizado, deixando-o, depois, preso à dor da sua amparada inércia. Era melhor não sofrer, seus velhos pais o haviam convencido, e ele os tinha ouvido, porém sem poder se livrar das muitas fantasias originadas pela pergunta: E se...?

De qualquer modo, agora também não colocava as coisas em termos de futuro, mas na perspectiva de um único acontecimento possível, que era o encontro. Vê-la de novo. A esperaria ao final da função, estendendo-lhe apenas um cravo vermelho e, talvez – acaso poderia imaginar um remoto talvez? –, a beijaria com a mesma graça com que *ela* o tinha afundado entre os vestidos, para dar-lhe o único beijo que havia recebido de uma mulher em sua vida. Santo Deus! Sua mãe ficou uma fera quando soube. Da sua boca tinham saído impropérios, que ele não havia conseguido deter, colado à parede do camarim vizinho. Gemidos. Soluços. Batidas de porta. E a palavra "pena" como um chicote, levando-o ao silêncio do seu quarto e à reclusão.

III

O tempo passava depressa, assim como a restauração do fraque. O tintureiro estava tão absorto em seu trabalho que não encontrava prazer em brincar. O velho teatrinho de papel permanecia largado no alto da estante. No compasso das árias, seus pensamentos eram lampejos de possíveis desfechos e palavras que ele escrevia nas folhas da sua caderneta preta e revisava, como seu pai lhe tinha ensinado. Havia riscado a palavra "oi", entre muitas outras, e escolhido finalmente o silêncio. "Que ela fale primeiro". Decidiu dar tempo para que ela o reconhecesse, parado ali, penteado e vestido da melhor maneira e com a sua barba perfeita. Sozinho, sem o apoio de alguém mais velho. Como um adulto. E ser "adulto" lhe proporcionava uma força emocionante, cada vez que experimentava alguma parte do enxoval. O colete de moiré estava perfeito e a barra da calça arrastava só um pouco no chão. Aquele traje proporcionava uma metamorfose prodigiosa, que alterava inclusive o tom da sua voz.

Faltava apenas um dia para a estreia – Um dia? Horas apenas! – e não sentia nem um pingo de remorso. Seus pais sempre o tinham motivado a usar seu dinheiro consigo próprio. Sem vacilar, gastou uma pequena fortuna no melhor assento que encontrou na plateia, além das meias e dos sapatos pretos. Era reconfortante poder obedecê-los mais uma vez. Tinha tudo. Tudo menos o cravo vermelho que pegaria na floricultura da esquina da Tucumán, a caminho do Colón. Tinha-o encomendado mais cedo, ao passar pela praça, para evitar qualquer contratempo. Na hora do almoço fechou a tinturaria, algo que jamais fazia, e foi até a barbearia do seu pai, onde cortou o cabelo e fez a barba como a sua mãe gostava. Então voltou ao trabalho para passar o fraque sem pressa. Não comeu, porque não sentiu fome.

Era possível escutar *Carmen* na quadra inteira. O tintureiro cantava, alisando uma a uma as peças da sua elegante vestimenta. Primeiro, dedicou-se às peças claras, depois às escuras. Foi colocando-as cuidadosamente sobre o balcão para que arejassem, depois de ter espirrado nelas um pouco de perfume, como fazia sua mãe. Fechava os olhos e conseguia escutar o apaziguador movimento das máquinas, guiado pelo tambor do seu coração, que batia dentro do seu peito, na sua garganta e até nos joelhos, com toda a força de uma agitação totalmente desconhecida para ele. Já não seria uma mariposa. Iria ao teatro com asas de borboleta. Um tintureiro também podia ser um rei se assim o desejasse. As palavras de seu pai se abriam para ele como se abrem as flores sensíveis à luz. Às onze, bate um raio de sol e elas se mostram. Ele poderia ser um rei ou qualquer outra coisa que quisesse. Teve que se conter para não se vestir antes do tempo. Se dependesse dele, teria se trocado às três, na volta da barbearia. Teve o impulso de fazer isso e sair caminhando por Buenos Aires até chegar a hora do teatro. Mas não iria chegar lá todo suado. Não. Era uma má ideia.

Pensava nisso quando escutou o sino que sua mãe tinha colocado na porta para que ele soubesse que alguém

estava entrando na lavanderia. Olhou para o relógio de parede com números grandes que seu pai tinha pendurado. Eram seis e quinze. Tudo aconteceu em um instante. No brevíssimo ranger do ponteiro dos segundos arranhando o tempo, quis correr, fechar a porta à chave, expulsar com empurrõezinhos quem entrava. Contudo, seus pés não lhe obedeceram. A mesma mulher de cabelo curto, de uniforme de empregada doméstica e mãos delicadas o surpreendeu:
— Mas você conseguiu! — disse — Isso é fantástico! Você é um artista! — acrescentou, pegando o fraque do balcão.
O tintureiro pensou em mentir e evitar devolver a vestimenta naquele dia. "Ainda falta", era a única coisa que deveria ter dito. Mas novamente ela se adiantou, enquanto ele diminuía o volume da música:
— E eu que vinha para levá-lo do jeito que estivesse! — explicou, quase dando uma desculpa —. Como você não ligou, pensamos... Bobagem! Por favor, coloque na sacola.
Não tinha ligado! Como pôde esquecer? Isso jamais teria acontecido com a sua mãe! Justamente para esse tipo de coisas o seu pai tinha lhe dado a caderneta de anotações. Enquanto dobrava a calça sem pregas e com galões, a mulher contava as peças que tinha deixado.
— Com a gravata borboleta e com o chapéu são seis. Perfeito! — exclamou satisfeita, pagando sem reclamar o que ele tinha pedido no caso de dar certo e deixando o troco.
O sino da porta tocou novamente, rompendo o conjuro do que deveria ter sido quebrado por uma intuição precoce. Eram sete em ponto, exatamente a hora

que deveria começar a se vestir. Teria começado debaixo para cima. Primeiro as meias, depois a calça... Naquele momento, a lavanderia parecia-lhe um cemitério. Andou por entre as máquinas paradas e os cestos de roupa. A luz amarela emprestava às paredes um tom opressivo. O silêncio o abrumou. Uma fila de carros avançava lentamente, do outro lado do vidro da porta, como em um filme mudo. Só retinha nas pupilas o piscar vermelho das luzes e os gritos de *Carmen* nas caixas de som que ele tinha ligado retumbavam no interior da lavanderia, mas fora dos seus ouvidos. Caminhou em círculos cada vez menores e, com o torpor de uma criança tonta, chegou até a estante do fundo. Pegou o teatrinho, colocou-o sobre a mesa, onde não soube fazer outra coisa a não ser brincar, por muitas horas, antes de voltar para a sua vida estranha, ou melhor, singular.

A COMPOSIÇÃO DO SAL

Para meus pais

Suar nunca o havia incomodado tanto quanto agora o incomodava chorar. Não se lembrava de ter se sentido grato por ter barba, uma barba espessa que o fazia transpirar e que agora o ajudava a dissimular as expressões de choro. Tinha suado a vida inteira, ensopado camisas, molhado indiscretamente o cabelo e, apesar disso, nunca havia usado tantos lenços quanto agora. "Doutor, eu choro", explicava ao médico. Pensava que, se pudesse, iria ao ambulatório providencial e trocaria a sua incontinência por qualquer outro mal. Alguma coisa estranha estava acontecendo com ele. Por que a velhice o recebia assim? Não deviam existir muitos homens que quisessem ser velhos, menos ainda que o desejassem ansiosamente desde a infância, como ele o tinha desejado. Aos seis anos soube que queria ser avô e, agora, quando tinha conseguido, simplesmente estragava tudo chorando.

Guardava com nitidez esta lembrança: voltando da mina, tinham descido do caminhão ao chegar em La Paz. A cidade era dotada do poder que sucede uma nevasca: as montanhas eram mais vermelhas e o ar mais translúcido e frio. Mesmo assim, era preciso se refrescar sob o sol vertical. Seu avô o tinha levado pela mão para comprar-lhe uma *thayacha* na esquina. Ele havia perguntado o que era aquilo de aparência tão estranha. E o velho tinha respondido secamente que era *isaño*[1]. Sua grande mão o segurava com firmeza, mas sem apertá-lo muito. A mão era cálida e acolhedora, mão de homem. O *isaño* tinha o formato de uma *oca* e parecia um sorvete. O avô tinha soltado a sua mão para mostrar como se devia comer e deu uma piscada para animá-lo a fazer o mesmo. A *thayacha* esfriava a sua mão.

– Coloque mais açúcar – o avô mandou.

– Mais? – os grãos brancos se misturavam ao sabor refrescante e escorriam da sua boca. O sol lhe queimava o rosto.

– Gostoso, não é? – o velho dizia e ele assentia, apertando a mão do avô o mais forte que conseguia.

A lembrança do avô o abrumou. "Pareço menininha", dizia a si mesmo cada vez que acontecia alguma coisa assim, olhando-se no espelho e procurando alguma mudança corporal. As mulheres choram mais no mês, no ano, na vida inteira.

– Pedirei hormônios. Que me dê testosterona! – dizia à esposa, que ria.

Ele a olhava e não podia fazer outra coisa a não ser abdicar de sua hipótese fisiológica. Sua mulher era tão forte quanto um animal nobre. Não chorou – nenhum dos dois tinha chorado – nem quando seu filho mais novo morreu. Ainda eram jovens quando o menino caiu pela janela. Pulando de uma cama para a outra, tinha perdi-

---

[1] Trata-se do tubérculo da oca (*Tropaeolum tuberosum*), planta natural da Bolívia e do Peru. Essas raízes têm uma aparência vagamente semelhante à da batata-salsa, de coloração amarela, rosada ou avermelhada, e são preparadas para consumo cozidas ou assadas. Nos países andinos, a planta é usada também para o preparo da *thayacha*, uma espécie de sorvete de *isaño*. (N.T.)

do o equilíbrio e batido as costas na janela. Ajudado pela gravidade, pelas leis da força, pela física, tinha caído do alto do edifício e se espatifado no chão. Apesar disso, o bonito corpo que tinha não se quebrou. Guardava no seu semblante risonho o rumor da última brincadeira e do seu recente nascimento como anjo. Não era possível chorar naquele momento. Chorar era plantar algas em um mar de sal gelado que acabaria afogando um a um. E isso ele não podia permitir. Chorar era, estava convicto, afundar o filho em uma água turva e ancorá-lo em uma rocha no mar mais profundo, só para poder vê-lo, lá embaixo, com os olhos abertos. Como podia estar chorando agora?

– Gosto mais dos teus olhos assim. São olhos de navegante, cheios de mar – ela o animava.

– Pro inferno o mar! Perdemos o mar na guerra! – resmungava ele.

Na infância, sua mãe tinha passado noites inteiras contando para ele coisas do Pacífico sul, com todo o seu sal, com todo o seu frio e com todos os seus segredos. Às vezes o fazia dormir embalado pelo som escuro daquele mar, guardado dentro de uma concha.

– Não me interessa, você tem olhos de mar.

Sua mulher não se preocupava com o choro nem com os seus olhos recorrentemente vermelhos. Invejava-os, inclusive. Também gostaria de aprender a chorar, mas isso não era para ela. Não era feita para se esvaziar. Ambos haviam construído em seus corações uma fortaleza medieval, decorada com austeridade e com coragem, mas não sem desejo, não sem amor, não sem culpa e, menos ainda, sem tristeza. Por isso podiam enfrentar a vida com vigor, mas nunca se entregar plenamente ao prazer. Eram assim, um pouco tristes, um pouco quiméricos, um pouco restritos na capacidade de receber. E o que ele menos estava disposto a receber eram mimos e intimidades impertinentes só porque estava chorando.

O médico aconselhava que não se preocupasse.

– Chorar é um processo saudável.

– Saudável o escambau, doutor – tinha respondido.

– Estou velho para ser saudável.

Esse era um erro de cálculo. Supunha-se que a velhice deveria proporcionar um estado de invulnerabilidade e não o contrário. Para que essa renovada habilidade de se surpreender, esse arroubo que fazia o seu nariz escorrer? O pior era o otimismo científico que o colocava contra a parede e diagnosticava que não havia doença, que a causa não estava nele. Não se tratava de uma lesão cerebral, nem de um mal congênito, havia explicado o médico. Suas lágrimas não fluíam dissociadas da emoção. Não eram lágrimas sem razão, não lhe escorriam sem motivo.

– O problema – dizia ele – é que eu estou virando mulherzinha, um *chisote*.

– Problema seria – corrigia ela – se você tivesse a síndrome do gato da qual o médico falou. Imagine se em vez de chorar você andasse miando e não me deixasse dormir – ambos riam.

Mas o problema continuava sendo que tudo o fazia chorar. De tarde foi à escola do neto para uma apresentação. Assim que colocou os pés na sala de aula, identificou nitidamente o entorno com um eflúvio de sua infância: cheiro de carteiras! Teve que fechar os olhos com força para que não escorresse uma lágrima. Saiu do colégio contrariado, enfurecido consigo mesmo. Lá fora chovia. Chorar em latim se escrevia *plorare*, depois o "p" se transformou em "c", tendo a mesma origem da palavra chuva: chuva como uma tempestade, como uma tormenta, como um temporal que o empurrava calçada abaixo, por caminhos estreitos e abandonados, para desviar da fila de carros que como serpentes se deslocavam no centro da cidade entardecida.

Caminhar ajudava. Tinha passado do pavimento ao paralelepípedo sem se dar conta, deixando em cada passo um xingamento, drenando-se paulatinamente. Começavam a figurar diante dele os tabuleiros das velhas índias que agora o chamavam para ler a sorte em folhas de coca. O incenso e a mirra foram-no sedando, ele foi ficando tonto com as cores das lãs violáceas, os papéis lustrosos e os confeitos[2]: estava na rua das bruxas. Pôde distinguir ervas entre fetos de lhama e pilões de pedra. Talismãs, amuletos e medalhas dançavam com o vento. Lembrou que Leucoteia tinha sido enterrada viva pelo pai, irado pelos amores que ela matinha com Apolo. Este, para honrar a princesa morta, a converteu em uma frondosa árvore de incenso. Os gregos eram sábios terríveis, murmurou. Era mais correto dizer "terríveis sábios", ou melhor, "terrivelmente sábios".

---

[2] Bala artesanal, de formato arredondado, feita com açúcar e anis, utilizada em rituais pagãos e para celebrar o carnaval. (N.T.)

Uns passos mais à frente, um quadro, como se fosse um cartaz, daria a resposta para seu desassossego. As letras tinham sido escritas com giz colorido e o traço lhe pareceu mais impreciso do que infantil. "Curamos o espanto, damos banhos de alegria", leu. Entrou em um quarto de adobe, alto e escuro, onde uma anciã encurvada lhe receitou um banho de mar com os olhos abertos. Perguntou ironicamente se não sabia que viviam em um país mediterrâneo. Ela, sem se perturbar, não respondeu. Saiu pensando no neto, na mulher, no mar. Estava ensopado e sentia frio. A noite tinha se estendido sobre a cidade como um enorme lençol. Sentiu-se desanimado novamente. O que poderia fazer? Por que, de repente, era tão difícil respirar? O que teria que mudar para não se arruinar? Sentiu vergonha de seus pensamentos. Teve o impulso de se desculpar, mas sua mulher não estava com ele e demoraria para chegar em casa. Afinal, era a única que lhe importava...

Naquela mesma noite, com o apartamento na penumbra e enquanto preparava um banho quente para não se resfriar, pensou ter compreendido o que a anciã quis dizer. Que importância tinha o tamanho do mar desde que ele fosse salgado? Entusiasmado, correu até a cozinha. Na volta, virou todo o pote de sal grosso na banheira. Sua mulher certamente o repreenderia, mas o que importava? Deteve-se uns segundos antes de entrar na água. Vacilou entre colocar água fria ou quente, mas se decidiu pela segunda. "Pensemos que é o Caribe", disse para si mesmo. Ver a banheira se enchendo lhe deu ainda mais segurança.

Era como se a realidade tivesse adquirido coerência. De pé e sem roupa, entrou com um movimento rápido na banheira, desejando o seu choro embaixo d'água. Acreditava saber de onde vinha tudo aquilo e estava disposto a enfrentá-lo. Afundou no líquido salgado do seu mar, com os olhos fechados. Esperou estar pronto para abri-los e então o fez, mas não viu seu filho em lugar nenhum. Desconcertado, voltou para a superfície. Tomou fôlego e sem demorar muito voltou para o fundo em busca de uma imagem, de uma referência. Mas dessa vez se encolheu sobre seu lado esquerdo e persistiu por um bom tempo, contendo a respiração. A água ainda estava morna quando o longínquo barulho do mar dentro de uma concha começou a embalá-lo.

MOEBIA

A certeza de que tudo está escrito nos anula,
nos afantasma.
J.L.B.

A noite havia sido longa e pairava sobre a prisão um silêncio impróprio. Vestígio de vingança, ou nisso se queria acreditar, porque, do contrário, tudo aquilo pareceria incompreensível. O delegado não podia acreditar naquela cena: o teu homem estava nu, com as calças pelos joelhos, sujo, atirado de boca para cima no colchonete, bêbado ou drogado ainda, a baba escorrendo pela boca e a criança jogada a seu lado, as pernas abertas, arqueadas e frouxas, como uma boneca quebrada. Sem alma.

Desta vez sim, Magdalena, esse que na prisão chamavam de "teu homem" tinha acordado no inferno, sacudido pelas botas dos guardas e sem entender o motivo dos gritos que o rodeavam. Pequenas e pulsantes porções de luz foram trazendo-o à realidade, enquanto acostumava a vista e pouco a pouco ia encontrando o foco. Tinha se levantado com dificuldade, quando viu o corpo da tua filha passar coberto. Ajoelhado como estava, tentando alcançá-la, tinha acabado de bruços contra o chão: desmaiado. Quando abriu o olho novamente, conforme te contou, se encontrava em uma sala verde, em meio a uma penumbra, sentindo o cheiro dos cigarros que alguém fumava muito perto, com o nariz e a testa inchados como uma rolha seca, ainda latejando. "Não fui eu, eu juro!", chorou e essa foi a única base da sua defesa.

Não. Você não foi ingênua Magdalena. Há na ingenuidade inocência e desconcerto. E você nunca foi inocente. Você pode dizer, se isso te tranquiliza, que para você Moebia tinha deixado de ser a encarnação do horror, do mal moral, da putrescência. Que Moebia já não era uma prisão, mas apenas uma construção arcaica, um palácio labiríntico com suas torres e com seus muitos quartos semelhantes a colmeias de barro. Que, no extremo mais inverossímil, você vivia em uma espécie de mundo paralelo, sem presente nem futuro, sem se importar que ali se misturassem todas as línguas e ralés e que habitassem homens, mulheres e crianças com uma promiscuidade de serpentário. E jurar, inclusive, que nada disso era certo nem tão grave e que o que verdadeiramente importava era o peso enorme dos teus motivos. Motivos maiores: a menina, claro, e Rafael... Você pode, de fato, continuar falando o que quiser e continuar redundando em círculos concêntricos.

Os fantasmas te rodeiam. O tempo alivia na penumbra da memória, mas esta liberdade não te alcança agora porque você ainda não está disposta a esquecer. Você precisaria se desfazer dele, Magdalena. E ficaria com o quê? Pelo menos você sabe que Rafael não te mentiu, que nunca pretendeu te enganar, que sempre foi ele mesmo, sem máscaras. Deve haver poucos homens no mundo com tão pouca vergonha de si mesmos, com tanta impudicícia. Nem mesmo quando o prenderam por levar trinta cápsulas no estômago fez um gesto de contrição. Prenderam-no e foi parar em Moebia por três anos quase cumpridos, quando aconteceu o acontecido. Moebia não foi para ele uma condenação, mas uma predestinação. Loiro e bem educado como era, tinha conquistado a simpatia de gregos e troianos e deixado o Pata de quatro. Rafael tinha carisma e uma capacidade inata de seduzir sem limites, que tinha lhe proporcionado uma estada suportável e impoluta. Desde o momento que chegou à prisão chamou atenção, pois era possível distingui-lo a distância entre a indiarada: os cachos dourados e compridos até os ombros, o peito de estátua e uns olhos cintilantes que riam o tempo todo. Seus gestos careciam de vulgaridade, mas não chegavam a ser femininos. Tinha uma distinção tal que comovia de primeira – te respondia –, motivo pelo qual era o cara perfeito para levar e trazer, para ir e vir, para dar e receber.

O Pata, ao contrário, era um homenzinho com o queixo marcado pela lâmina de um punhal desde os treze anos. Tinha entendido o negócio das drogas como obra da fascinação. A sua especialidade era: primeiro encantar, depois escravizar. Você o havia observado bem. Escolhia suas presas e gozava delas por um ou dois dias. As ungia proporcionando-lhes todas as classes de privilégios e desejos: banquetes, festas, efúgios... Mas, principalmente, se esmerava em criar nelas uma frágil certeza de incolumidade, de amor próprio, de proteção filial, que ia intercalando com ritos de iniciação cada vez mais selvagens. Assim chegavam a ser animais submissos, com uma orelha rasgada ou com um abuso consumado. Depois, as reduzia ao esquecimento; não lhes dava nem um alento, apenas ordens e castigos, até que as iluminava novamente.

Mas com Rafael foi diferente. Ele o hipnotizou desde o começo, assim como fez com você. Nisso você deve reconhecer que eram como irmãos de sangue. Você não demorou para imaginar a primeira cena: Rafael estaria vestido com o seu *jeans* apertado, que sempre usava para destacar seu grande membro. Um olhar de réptil o teria percorrido, detendo-se na nádega redonda apertada pelo fino tecido da calça, concentrando-se na visão febril de penetrá-lo... O resto te contaram. O Pata o abordou sem recato, lhe ofereceu proteção e o segurou. Naquela mesma noite, subiu pelo seu corpo como uma trepadeira, mas também uivou penetrado por ele, dominado pela sua força, rendido pela sua beleza. O teu homem tinha consciência do seu magnetismo telúrico. Deambulava desocupado. A maioria das vezes dormia com o Pata, mas também podia se enroscar com um guarda ou cavalgar a mulher de algum outro preso. O Pata deixava... Por que foi tão difícil para você compreender a natureza dele?

    Hoje o trágico e o inconcebível já passaram. O tempo hierarquiza as proporções da dor. Você não pensa nisso quando repete automaticamente a escovação dos teus dentes branquíssimos? De cima para baixo e depois de baixo para cima; muitas vezes para o lado, primeiro do lado de fora e depois nos lugares menos acessíveis para as cerdas da escova. Quanto a tua arrogância teve a ver com isso, Magdalena? Você já pensou? Você chegou em um dia cinzento. Queria dar um golpe alto. O jornalismo era para você uma espécie de despotismo moral, que você praticava seguindo teu faro para a grandeza. E a fome de grandeza é insaciável. Você estava disposta a usar todo o teu valor e todo o teu poder para isso. Você se conhecia bem. Havia algo de repulsivo e ao mesmo tempo atraente em você. Alguma coisa ofensiva e temível, quem sabe pela tua inteligência, pelo teu radar para o fel, pelo teu inigualável dom de perguntar. O que mais você queria? Transcender? Não se engane, não foi por falta de troféus, Magdalena. Você tinha todos. Você procurava mais do que admiração. No teu insignificante coração, o que você desejava era afeto, apenas que gostassem de você. Mas, quem iria gostar de você, Magdalena? Às vezes nem você gostava de si mesma. Dizia-se que você odiava as mulheres, mas não era verdade. Você desprezava a beleza. Esse era o seu truque infantil: olhar com desdém para tudo aquilo em que você não era boa. Não, não, você não se via imperfeita, Magdalena. Você se via horrenda, feia de dar nojo, grotesca até a solidão. Você passava horas imolando o teu corpo, se exercitando, porque com isso construía um caráter resolvido e descontraído, que acentuava a tua altivez.

Abriram as portas de Moebia para você. A onipotência do medo é assim. Você foi persistente e quase conseguiu. Quase! Você acreditou que poderia controlar o curso dos acontecimentos porque era boa nisso. Mas não. De qualquer forma, é preciso reconhecer uma coisa: qualquer um poderia ter denunciado, mas só você estava disposta a escrever. As longas filas dos dias de visita não eram de familiares, mas de peregrinos que vinham do mundo inteiro a esta meca das drogas. Isso sim era um furo de reportagem.

Você mentiu sobre as tuas intenções para poder entrar. Diga sem eufemismos: você enganou. Mas, quando foi que os procedimentos te importaram? Uma tarde, você decidiu enfrentar o Pata e dinamitar a mitologia da sua história. Você anunciou isso com petulância, diante da sala de redação: "Se você tira dos heróis toda a sua parafernália simbólica, só fica a carne". Estava nos teus planos conhecê-lo, mas Rafael te impediu. O barulho do salto das tuas botas o havia despertado do sono da tarde. Fingiu que continuava a dormir, atravessado em uma rede que obstruía a passagem. Ele podia ter apostado que você o contemplava, que percorria a moldura do seu abdome ou o circuito de sua braguilha deliberadamente desabotoada, mas a verdade é que quando abriu os olhos para te surpreender, você olhava para o fundo.

– Vim falar com ele – você disse, certa de que o homem sabia quem você era.

– Por que não fala comigo? – ele te respondeu, sorrindo –. Posso contar o que você quiser.

– Não me interessa – você respondeu.

O teu coração e o teu cérebro latejavam. Até então você não tinha conhecido um homem daquela envergadura que quisesse falar com você. As feias sabem que os homens não prestam atenção nelas. Menos ainda os homens como ele, porque o mundo é feito para adular a perfeição das proporções, a forma e não o conteúdo, o brilho acima do vazio. Você tinha estudado o assunto até alcançar a erudição. Desde que o mundo é mundo, de Aristóteles a Nietzsche, a beleza é o território da contemplação e da bondade e a feiura, muito pior do que o sem lugar ou o desvio, era o espaço da repulsa e da violência. Quem dera tivesse sido apenas o contrário da beleza, um contraponto simétrico da mera apreciação. Era pior do que isso, implicava a mais humana e, portanto, a mais perversa reação de repugnância, de nojo ou de terror. Por isso você achava que Frankenstein era a metáfora mais sincera da humanidade: o monstro fugindo da morte. A beleza comovia, estupidificava as pessoas, mas você nunca tinha experimentado isso até o frenesi e a paralisia. Se existisse amor à primeira vista, devia ser uma droga como aquela, venenosa. Você não queria voltar a vê-lo porque sentia nas veias uma dependência da qual era incapaz de se livrar. Por isso você voltava todos os dias. Ainda que então fingisse que o ignorava ou risse dele. Você era cruel. Rafael gostava do teu humor negro e da estranha razão pela qual você era imune a ele. Esperava a tua chegada para te cercar nos corredores e na vida, mandando presentes que fabricava com as próprias mãos e te telefonando.

Você foi ficando, Magdalena. Não por causa do trabalho, mas da visita, primeiro para um rápido café, depois por uma tarde e depois por uma noite inteira. Não era só Rafael, era o que você sentia ali. Na prisão você estava aprendendo um outro sentido da beleza, sobre o qual tinha lido, mas que invariavelmente escapava de você. Aquele sentido inveterado, imaterial, inocente, que produz o desejo de reincidir, porque produz prazer e, por que não?, paz. Você imaginava a prisão como uma representação artística do mundo, isto é, o feio imitado com maestria, o que termina sendo uma bela reverberação. Assim como era bela a tua estada. Você se sentia sem amarras, acolhida e não no sentido da admiração sentenciosa, não como se fosse uma pérola no lodo, mas porque fazia parte daquele conjunto. Você ria para si mesma, pois podia sentir o deslocamento na tua alma, o arrebatamento daquela ternura inusitada e nociva. O Pata te observou de longe, soube que você se encaixava naquela desordem. Ameaçou Rafael, lhe advertiu-o do perigo, mas foi inútil. Então falou com você, mas também não funcionou. Você não o escutou e acabou vivendo com Rafael na prisão. Em uma prisão, Magdalena!, pagando para dormir de noite e sair de manhã.

Não importava que tivessem te mandado embora do jornal, nem que fosse motivo de escândalo, porque você escrevia um livro, uma verdadeira obra de arte, com a qual tocaria – você jurava de antemão – o zênite solar. Você dominava os acontecimentos com a perícia de um narrador, isto te dava certa autoridade científica, uma vez que você estava provando com a tua teoria que a natureza incorrigível do destino era uma falácia. Faltava pouco para o fim da sentença. Ainda que você não tivesse planejado, aconteceu: Rafael te engravidou. Você tinha renunciado muito jovem o arquétipo da maternidade, mas assumiu a gravidez sem grandes alardes, como mais um processo da tua metamorfose existencial. A menina não demorou a nascer e o Pata, em troca de deixar vocês em paz, continuou recebendo as visitas de Rafael. Dormiam juntos, apesar da ansiedade de expatriado do teu homem, que voltava para você e que você celebrava como uma vingança e um triunfo pessoal. O Pata se sentia burlado. Era previsível que quisesse ser ressarcido, que cobrasse com a vida da menina a de quem ele realmente queria.

Rafael tinha explicado tudo com tanta veemência que intercederam por ele e mandaram analisar os fluidos fora do país. Também o escutaram graças a tua influência, Magdalena. Mutilada pela morte, você bramava por justiça, vendo a tua estrutura desmoronar. A única coisa que você queria era voltar à prisão porque lá você tinha sido feliz até a inconsciência, voltar para aquele refúgio onde tudo estava tão morto que não era possível ter consciência das tuas dores. Por que você pensou que a felicidade era possível? Por que teve que imaginá-la fora de si? Por que havia traído a tua fé e se rendido ao delírio da perfeição? Agora você estava sendo derrotada pela certeza de estar perdendo tudo e já não tinha forças, Magdalena. Você se sentia cercada pela inexatidão dos fatos, pela severidade dos teus pensamentos e pela obsessão do teu coração. Teu homem passava por um sopor catatônico, afastado de você. Jazia, simplesmente. Te culpava? Tinha deixado de te amar? Não aceitava as tuas dúvidas? Pela primeira vez, o que os outros te disseram foi mais forte, Magdalena. Você tinha acordado. A imprensa desaguava a fúria de sua tinta à espera dos resultados do DNA. Malditos resultados, que chegaram na manhã em que Rafael amanheceu morto. Escamoteando o que você sabia, fazendo desaparecer o que estava escrito pela ciência nos exames de laboratório, você fez que acreditassem que tinha sido por outras mãos, que não as dele. Na vida, a tua missão sempre foi narcisista. Depois, o que te restou foi voltar ao livro. Tocar o sol e se queimar.

GOURMET

Se existia um lugar ao qual ela gostaria de voltar, esse lugar certamente seria o seu quarto na casa dos avós. A avó tinha decorado o quarto para ela. Os quadros e as cores eram mais para adultos do que para crianças, pois a avó havia confeccionado com as suas próprias mãos o edredom, as cortinas e as almofadas, para que tivessem futuro. Isto é, para que durassem a vida toda. Daí provinha o gosto de Inês por colchas xadrezes: aquele cobertor fofo, azul e branco, quadriculado de um lado e florido de outro. A avó arrumava a cama para ela dormir. Logo depois do jantar, abria o edredom, fazendo uma dobra na altura dos travesseiros, deixando à mostra as fronhas brancas bordadas. Ao lado, na mesa de cabeceira, o abajur aceso, uma pequena jarra de água, um copo, lenços de papel e um livro, geralmente sugerido pela avó. Também havia o cheiro de lavanda, que emergia suavemente dos cantos, certamente porque a avó tinha deixado por ali alguns ramos ou uma vela. Nesse quarto, a avó era capaz de curá-la de qualquer coisa. Quando Inês era adolescente, ela a levava pela mão, a acomodava no meio da cama, tirava as almofadas e fechava completamente as cortinas para que ficasse noite dentro do quarto. No aconchego do recinto fechado, sentava-se ao lado dela, acariciando seus cabelos, até ela dormir. Pois dormir é o melhor remédio que existe, dizia a avó, e Inês sempre acreditou nisso piamente.

Por isso, quando não conseguia encontrar alguma coisa que a ajudasse a ficar bem, Inês se deitava na cama, no escuro. Podia ser em qualquer lugar onde sua cama estivesse: Buenos Aires, Oslo, Abdijá... Fechava os olhos e tentava capturar o aroma de alguma coisa agradável. Canela, se não houvesse lavanda. Algo que lhe permitisse purgar o que não podia colocar para fora, em plena luz do dia, em cada novo país onde chegava. Naquela tarde de verão amazônico, na qual reinava a frustração pela dificuldade de transferirem Manuel novamente, Inês se jogou de bruços em seu edredom. Dormiu horas. Acordou quase curada, impelida por uma força crepuscular: "Temos que fazer amigos!", disse. Soava tão infantil que Manuel começou a rir. Mas ela insistiu como uma criança apressada. "Preciso falar com outras pessoas. Me sinto muito sozinha." Manuel pressentiu que, se não fizesse a vontade dela, aquela euforia acabaria em pranto. Então a animou a convidar algumas pessoas. "Mas, de onde?", ela se perguntou, fazendo uma cara de pessimismo. "Do colégio", respondeu ele, automaticamente. Inês pensou um pouco e começou a fazer contas. Primeiro, das crianças que iam à sua casa de vez em quando. Depois, dos pais com quem se encontrava na hora da saída. De modo que não lhe custou muito confeccionar uma lista e dedicar-se, inteiramente, ao *menu*.

    O que preparar para que não parecessem demasiado interessados em causar boa impressão? Alguma coisa universal, que pudesse ser do agrado de todos. Ligou para as mulheres, marcou uma data para dali a uma semana e se dedicou aos preparativos. Ele intervinha ocasionalmente: "O que acha de porco?", porque Manuel adorava carne de porco. "Muito pesado para a noite", ela se impôs. "E peixe?", tinha sugerido ele apenas para dizer alguma coisa, ainda que não gostasse muito. Mas para ela a sugestão pareceu excelente. Foi ao mercado muito cedo, para conseguir um farto exemplar de nove quilos. Colocou-o no forno e o cozinhou lentamente, banhado generosamente em limão, alho e salsinha e envolto em um papel alumínio dentro do qual se misturavam os sucos e a manteiga. Inês não se importou que tivesse amanhecido com vento e nem que desde o meio-dia não parasse de chover. Se conhecia bem, sabia que qualquer vacilo poderia lhe provocar uma vontade de morrer, mas não sem antes matar Manuel. De modo que não tinha dúvidas: serviria seu grande peixe com batatas refogadas e pimentões verdes doces, também com muito limão. E, por que não uma entrada?, improvisou, cheia de inspiração. Alguma coisa delicada que encontrou no único livro de receitas que tinha. Novamente, correu até o mercado. Mais tarde, pegou a maionese caseira de sempre, aipo, pimentões picantes em conserva, salsinha fresca picada, mostarda, umas gotas de molho inglês e de tabasco. Depois, limpou e cortou carne de caranguejo. Logo, colocou abacates divididos ao meio de molho no limão. Finalmente, preparou em cada prato uma cama de agrião. Acomodou os abacates e em cima deles o caranguejo, com muito molho. Decorou com tomates e azeitonas pretas. Manuel estava assombrado com os recentes dotes gastronômicos dela: "Tem limão em tudo!", disse, vendo chover mais grosso pela janela. Inês se virou humilhada, furiosa com a crítica. Se deparou com um homem exausto e compreendeu que não era a única que se sentia desterrada, flutuando nessa nova cidade escaldante. "Vamos arrumar a mesa", disse a ele. Ainda que artificiais, essas eram as cenas que Inês gostaria de recortar e juntar em um *collage* para que lhe dessem coragem: Manuel e ela colocando as plantas em vasos, escolhendo os melhores lugares para elas na nova casa; comendo do mesmo pote o sorvete de tangerina; olhando as fotos do tempo em que ambos estavam melhores. Agora se dispunham a levar os pratos à mesa. Ele cantando como Charles Aznavour. Ela fingindo que era feliz.

Inês se perguntava se Manuel também chorava, ainda que preferisse acreditar no velho ditado de que homens não choram. Preferia acreditar nisso para ter alguma coisa em seu favor: Manuel sempre a tinha amado mais do que ela a ele e nunca, salvo nos últimos tempos, parecia ter se importado com essa desvantagem.

Manuel olhou a hora. Esperavam os convidados às oito e já passavam das nove. Inês ia e vinha da cozinha, envolta no cheiro de alho e manteiga. Dava voltas à mesa, nervosa, colocando uma vela aqui, um guardanapo ali, pedindo que Manuel se trocasse rápido, mas que antes cortasse o pão. Lá fora, trovejava. Manuel parou de costas para a cozinha, cobrindo propositalmente o relógio digital para parar de olhar a hora. Pensou que seria melhor sair dali, para não ter que enfrentar Inês quando começasse a perguntar que horas eram. De onde vinham, trinta minutos de espera era razoável, mas uma hora poderia ser considerado um mau presságio. Transpirava, mesmo depois de ter tomado banho. Escutava avançar no seu peito os segundos em direção a uma tormenta que o arremessaria contra as pedras: o trabalho, a ausência de filhos, os anos de exílio... Inês choraria e o odiaria até que ele pedisse desculpas, um pouco a cada dia, enchendo a casa com gestos de paz. Conhecia bem o ritual, só que desta vez se sentia sem forças para cumpri-lo. Se não chegasse ninguém, Inês se afundaria e o afundaria em um poço de lamentações. O sufocaria tanto quanto o cheiro de fruta fermentada daquela cidade abarrotada de árvores. Outra vez o brilho de um raio na janela. Inês também havia se arrumado. Descia com o rosto lavado, o lábio com um brilho suave e o olhar sereno – ou talvez triste de ter chorado –, pensou Manuel, que a seguiu em silêncio até a cozinha.

Eram quase dez horas quando tocaram a campainha. Manuel ficou parado na frente da porta. Inês sorriu para ele, fazendo sinal de que abrisse. Estava linda, agora com os olhos inquietos, como quem vai à sua primeira festa. Ele também sorriu para ela, enquanto se dirigia à porta. Cumprimentou os convidados, que tinham chegado em massa, conduzindo-os até a sala. Tinham trazido vinhos. Agradeceu. Não sabia o que dizer sobre as garrafas porque não tinha ideia do que eram. O vinho lhe causava acidez, lhe parecia muito amargo e só podia tolerá-lo ocasionalmente. Preferiu falar do clima, por causa da chuva torrencial, quando apareceu a sua mulher para socorrê-lo. Ela se aproximou naturalmente e acendeu a vela que tinha colocado na mesa lateral. Muito rapidamente, apoderou-se da conversa, rindo de si mesma, das suas distrações e novas tentativas na cozinha. Preveniu a todos sobre o inesperado resultado do seu experimento. Manuel sempre havia admirado a capacidade de Inês de procurar segurança e afeto, mostrando-se indefesa e um pouco desordenada para a vida, algo infalivelmente atraente. Ele a olhava e respirava tranquilo, porque estavam a salvo. Pelo menos naquela noite.

DRAGÕES ADORMECIDOS

Aqui as circunstâncias prévias a este relato: eu era uma garota semiestrangeira e triste começando uma viagem. Não se tratava de férias, mas de trabalho, ainda que muito mal pago. Seria assistente de produção de um documentário. Era julho de 1992. Naqueles dias eu era ateia, deveria dizer agnóstica. Mas o mais próximo à verdade seria reconhecer que tinham partido o meu coração. Portanto, considere-se a incredulidade como uma manifestação do meu despeito e uma postura deliberada contra tudo o que aconteceria naquela viagem.

Ainda não sei por que entraram em contato comigo se nem conhecimentos técnicos eu tinha. Para ser honesta, o documentário não me interessava, menos ainda a bruxaria ou a magia que parecia interessar a todos. Meu único propósito era desaparecer e, se me pagavam, melhor ainda. Viajamos em uma caminhonete 4x4 durante uma semana. De La Paz até Ciudad de Piedra, o primeiro trecho. O segundo, de La Paz até Curva, o povoado dos médicos Kallawayas. Saímos um domingo. Éramos três: o diretor, o cinegrafista e eu. Também estava um guia, que se chamava Victor. Quando anunciaram que teríamos um guia, logo imaginei um homem baixinho e moreno. Victor tinha o cabelo alaranjado e o rosto sardento, mas não era insosso. Alto e supersticioso, fazia de conta que era nativo. Isso chamava a atenção. Bancava o poliglota, indo do aimará ao quéchua, do alemão ao inglês, "tateando" o espanhol e um pouco do puquina dos médicos bruxos. A sua simpatia e obstinação por falar comigo me irritavam, mas a maconha que ele fumava, não.

Saímos às seis da manhã e Victor sugeriu que parássemos em Comache para ver as Puyas Raimondi. "Ah", disse, e fechei os olhos para evitar a claridade. No entanto, continuava a escutar a voz de Victor: "Veremos as puyas crescidas, de cem anos", afirmou. O diretor perguntou: "É verdade que podem chegar a medir quatro metros de altura?" Victor modulou excessivamente a voz: "Uhhh – exagerou –, podem chegar até doze e dar cachos com quinhentas flores". Sim, claro, pensei. Mas quando chegamos ao lugar, nem foi preciso caminhar. Em uma colina pedregosa uma puya se elevava como um arranha-céu. Meus companheiros calcularam que media, no mínimo, uns dez metros. "Parece um abacaxi pré-histórico", disse o diretor. E eu fiquei calada. Comemos e filmamos, para seguir até a igreja de Santo Antônio Abade. Dormi um bom tanto.

Acordei quando Victor dizia que Deus existia naquelas terras, que Pachamama podia dar sinais, que era um milagre que ainda existissem as pinturas. Chegamos ao povoado e estacionamos em frente à igreja. Entramos. Os murais estavam ali. Dirigi-lhes um olhar rápido e ímpio, porque a escuridão de uma náusea me invadiu. Tive que sair correndo. Procurei a claridade, caminhei em direção à praça. Na calidez de um banco de cimento, vi uma macieira, uma única árvore com folhas empoeiradas, povoada de frutos vermelhos. Se aquele era um sinal sobrenatural, como dizia Victor, definitivamente não o era para mim. Vomitei na jardineira, apoiada no tronco da árvore. Victor me trouxe uma garrafa de água, molhou a minha cabeça, passando sem reservas a mão na minha nuca, como se fôssemos amigos. E eu não disse nem obrigada. Filmamos e partimos. De tarde, paramos em Caquiaviri. O povoado estava silencioso e as ruas desertas. Victor teve um *insight*: "Que burro!" – disse – Vamos até a quadra". Ali estavam todos. Micro-ônibus e caminhões rodeavam o retângulo de terra. Tinha baile. Soltaram o touro. O toureiro usava chinelos, agitava o lenço para toureá-lo e tirar o maço de dinheiro que levava atado ao pescoço. As pessoas gritavam. O cinegrafista fez algumas tomadas rápidas porque a mistura de álcool e dinamite nos pareceu demasiadamente inflamável.

À noite, na solidão da estrada, Victor anunciou que por ali ficava o dragão adormecido. Era uma montanha voluntariosa, difícil de ver. A lua estava cheia e, no recorte do céu, acho que vi o animal – juro –: estava deitado. Claro que não disse nada. Finalmente consegui dormir, um sono ruim e superficial. Até que chegamos a Ciudad de Piedra. Victor contou que a cidade tinha se transformado em pedra por um feitiço inca. O relato era ridículo.

Voltamos a La Paz e dias depois saímos em direção a Curva. Victor me cumprimentou com entusiasmo. Ao me dar a mão, disse: "Você sonhou com o dragão, não é?". Neguei, envergonhada. O diretor quis dirigir sem parar até a reserva de Ulla Ulla. Victor não parou de falar, me olhando pelo retrovisor. Tinha os olhos verdes. Disse que perto de Charazani ficava o rio Tuana, que escondia o Eldorado. Também contou que, certa vez, numa festa em Curva, um camponês do povoado de Amarete, bêbado, dançava atirando rojões de dinamite para o alto. Fez isso até que seu braço acabou feito em farrapos. Victor disse que um kallawaya lhe fez um coto com um pano cheio de ervas. "Anos mais tarde o vi, com o cotoco cicatrizado", relatou.

A reserva de vicunhas também ficava em Ulla Ulla. "Olhem, que fotogênicas", disse o cinegrafista. Almoçamos vicunha. "Ela engoliu uma pedra e se engasgou", explicaram no acampamento. No dia seguinte, comemos viscacha, com a cabeça do roedor pendurada na janela. "Também era bonita, não?", disse sarcasticamente o cinegrafista ao ver que eu mal tocava na comida. Victor se sentou ao meu lado e, discretamente, foi tirando a carne do meu prato.

Decidimos sair de madrugada. Não tivemos problemas para dar partida na caminhonete. Mas, já no caminho, avançamos cem metros e ela desligou. Então o diretor retrocedeu e, no ponto de partida, o veículo voltou a funcionar. Victor dizia que para ir a Curva era preciso acreditar, que não era possível entrar lá sem fé. O motor ligava, avançava cem metros e desligava, várias vezes. Mudamos de motorista. O diretor passou o volante primeiro para Victor e, depois, para o cinegrafista, mas nenhum deles conseguiu avançar mais que seu predecessor.

Levantaram o capô para verificar o motor, ainda que fosse evidente que não se tratava de uma falha mecânica. Eu fiquei parada, com as mãos no bolso. Pela primeira vez em toda a viagem, não resisti. Victor parou atrás de mim:

"Os kallawayas curam tudo, sabia?", sussurrou muito perto do meu pescoço. O seu sopro penetrou a minha coluna até chegar à ponta do meu pé. "Posso te acompanhar para você ver", disse, fazendo um silêncio que me deixou nervosa: "mas você terá que me pedir por favor", completou. O diretor decidiu fazer uma última tentativa de chegar até Curva antes de dar meia-volta e retornar à cidade. Victor disse que ele dirigiria e me mandaram sentar atrás. Mas desta vez era eu quem dominava o retrovisor, enquanto o motor arrancava e nossos rastros iam ficando pelo caminho.

UM VERDADEIRO MILAGRE

Catarina estava saltitante e feliz. Ia passar uns dias de férias no campo. Se sentia afortunada, porque era a primeira vez que Papai a deixava ir, apesar dos muitos dias de ausência, da viagem de ônibus e de não gostar de saber que Alexandra batia nela de vez em quando. Bom, a verdade é que Papai não gostava nem um pouco de Alexandra. Por isso, quando ela não estava, dizia: "menina safada". Mamãe, a quem a menina chamava de "tia" sem que ela o fosse, gostava dela porque Alexandra era filha da vizinha, sua amiga de infância. Como tudo o que Mamãe queria tinha se tornado sagrado desde a sua morte, Papai havia deixado Catarina ir. Ela, até começava a acreditar em milagres. Uns milagres que não provinham de nenhum santo, mas alcançados pela pena que o seu rosto de órfã causava. Catarina sabia, porque Mamãe tinha lhe explicado muitas vezes, que nem Jesus agradou a todos, e que não era preciso ficar triste por isso. Também sabia que quando os adultos dizem "travessa" na verdade querem dizer "insuportável". Se perguntava, com uma curiosidade religiosa, se as pessoas que agora a tratavam com tanta doçura, não o faziam por medo de que a sua mãe as estivesse espiando do céu. Não havia outra explicação para a transformação da senhora Isadora, por exemplo. Era horrível como uma pomba gorda, sempre tinha servido salada de ervilha para provocá-la e agora, de repente, dava por perguntar: "O que você quer, menina?".

Ai! Se Papai soubesse que do que ela realmente gostava não era de brincar com Alexandra, mas de estar no apartamento dela e fazer de conta que aquela era a sua família. Não tinha por que contar isso para ele. Papai se sentiria mal e, além disso, não entenderia o que Catarina via em todo aquele barulho, em toda aquela desordem, na maneira como uns e outros se interrompiam e se atiravam as coisas. Ela gostava do volume de suas risadas e de que nada fizesse eco. Agora, na casa de Catarina, tudo fazia eco, especialmente os sapatos de Papai. Catarina os escutava quando Papai abria a porta do elevador, caminhava pelo corredor e abria a grade do apartamento. Isso ela também gostava da casa de Alexandra, onde não havia grade porque tinham um cachorro. Um cachorro preto, com um latido forte. Papai tinha mandado colocar uma grade porque agora aconteciam sequestros. Os assaltantes entram na tua casa, põem um revólver na tua cabeça e, além de levar tudo, é bem provável que te deem um tiro e também no cachorro... Coitadinho do Papai.

 Mas Catarina não queria pensar em outra coisa a não ser na viagem. Se esquecer das pequenas garrafas de *whisky* que encontrava, vazias, escondidas debaixo das almofadas do sofá da sala. Só queria pensar no que cantariam no ônibus. A tia tinha uma voz bonita, como Mamãe, cantava com as meninas e fazia um jogo de vozes, como em um coral. Catarina gostava de cantar, mas não tanto quanto cozinhar. Estava tão contente que preparou ela mesma uma sacola de sanduíches de ovo cozinho e maionese para o caminho, como fazia Mamãe. Papai explicou que aqueles sanduíches eram bons para comer em casa, mas que não havia coisa mais hedionda que ovo cozido. Quando abrisse a sacola, impregnaria o ônibus com um cheiro de pum. Mas Catarina não se importou com isso, porque não os levar seria trair a receita de Mamãe. Papai, rendido, colocou o cobertor em cima da mochila e uma sacola cheia de doces e batatas fritas, para que dividisse com as meninas. Quem sabe assim, se esquecesse de abrir os sanduíches.

Catarina apertou a campainha três vezes. Papai tirou a sua mão do botão. A porta se abriu e uma voz lá de dentro gritou: "entrem, entrem". O coração parecia que ia saltar pela boca da menina, diante de todos aqueles volumes espalhados pela entrada. Olhava os mantimentos, as roupas que escapavam das malas mal fechadas e os brinquedos empacotados em sacolas plásticas. A coisa mais "brega" do mundo. Papai se perguntou onde diabos ia caber tudo aquilo, começando a se desesperar pela hora. A tia lhe disse: "Não se preocupe, dá tempo".

A tia era assim. Papai resmungava. Não achava nenhuma graça nesta coisa de chegar tarde a todos os lugares, de pentear as meninas no elevador diante de quem quer que estivesse nele ou de convidar para o almoço e começar a cozinhar quando os convidados chegassem. Mamãe, ao contrário, gostaria de ter sido um pouco como ela. Mais livre, dizia. E, então, a menina observava atentamente a tia para imitá-la. Papai se irritava com as recentes distrações de Catarina. Mas ela se exercitava com afinco, deixando todos os dias a garrafa no banheiro da escola.

Papai ficava furioso. Claro que se tivesse tido uma filha, Catarina não a teria deixado esquecida uma tarde inteira dentro do carro, na cadeirinha de bebê, como o fez a tia quando Alexandra era pequenininha. Não chegava a ser tão "louca". Nisso Papai tinha razão. O que Catarina gostava realmente era que a tia sempre tinha alguma coisa engraçada para contar. Ela era muito divertida, o contrário de Catarina que, desde o acontecido de Mamãe, não tinha nada para falar. Era como se uma migalha de pão tivesse se apoderado da sua garganta, propagando-se como o fungo em forma de couve-flor que tinha crescido no seu ouvido.

Finalmente chegaram ao ponto de ônibus. Catarina não podia acreditar. Papai também não. Enquanto esperavam, esteve a ponto de retroceder e levar sua filha de volta. Muitas mulheres sozinhas, pensou. Iam a sua filha e Alexandra, as irmãs mais velhas e mais novas de Alexandra, a babá e a vizinha-mãe-tia, responsável pelo grupo, rodeada pelas sacolas de mantimentos, roupas e brinquedos. Papai sentiu um nó no estômago. Se agachou, olhou-a nos olhos, segurando-a pelo queixo, e disse: "Comporte-se, tá bom?". Catarina assentiu e se pendurou no pescoço dele em um abraço instantâneo. Coitadinho do Papai. Mas estava tão feliz que subiu alvoroçada no ônibus azul, coberto de terra e pó. A camada de terra era tão compacta, observou Catarina, que em alguns lugares não era possível ver a pintura e não saía nem com a unha, nem com os solavancos que as acompanharam durante a viagem, tanto nos trechos urbanos pobremente asfaltados, quanto nos caminhos de terra e pedra, que as conduziriam ao seu destino final.

Mas os solavancos do ônibus não importavam. Nem importava que as janelas emperradas não fechassem, que acolhessem o vento da geada das montanhas e, depois, o aroma agridoce do trópico. Também não importava a faixa de nuvem cinza que, conforme avançava a manhã e descia o ônibus, ia ganhando tons entre o marrom e o preto, anunciando uma chuvarada. Catarina era uma menina perspicaz. A cada tanto sentia o cheiro de Papai, o cheiro das pequenas garrafas escondidas atrás dos livros. Mas logo passava ou ela se esquecia. Continuava brincando e rindo com Alexandra, enquanto os outros passageiros dormiam e a tia completava umas palavras cruzadas de um jornal do dia dobrado pela metade.

Aproveitando que nem a mãe e nem a babá olhavam para ela, Alexandra tirou a cabeça pela janela e molhou as mãos e o rosto com o fio de água que caía de uma íngreme encosta sobre o teto do ônibus. Catarina também quis fazer o mesmo, para se refrescar e fugir do fedor de transpiração que começava a enjoá-la. Primeiro tirou a mão esquerda, depois a cabeça e, quando ia levantar o corpo, Alexandra a dedurou. Não podia acreditar. "Menina safada", resmungou Catarina, envergonhada e furiosa pelo forte grito que a tia tinha lhe dado na frente de todos os passageiros. Não tinha podido se defender nem dizer que a ideia não tinha sido apenas sua. Nem que Alexandra também tinha feito o mesmo antes e que, se não acreditava, visse o cabelo molhado e grudado no rosto dela... "Safada", disse de novo, mas na hora se lembrou que estava proibida de usar a palavra que repicava entre seus dentes porque Mamãe a odiava.

Agora sim queria um milagre que a levasse até Mamãe, por uma escada comprida, compridíssima, não importava. Subiria correndo até encontrá-la... Catarina se lembrou do dia em que lhe perguntou de onde vinham as crianças. Ela respondeu que do céu. Catarina ia seguindo o jogo: "Mas, como descem?". Mamãe tinha lhe respondido, ajeitando seu cabelo por trás da orelha: "por uma escada comprida, compridíiiiiisima". Catarina não tinha tido coragem de dizer a Mamãe que já sabia a verdade, que Alexandra tinha contado tudo, e nos mínimos detalhes, já fazia tempo: "As crianças saem pelo fundilho, boba". Catarina sabia como aguentar nos punhos a vontade de chorar. Apoiou a cabeça na janela, fechou os olhos e sentiu vir a chuva, como uma percussão africana, que terminou em temporal. Imaginou uma dança de canibais na qual ela comia cada um dos olhos de sua amiga.

    O interior do ônibus começava a ficar molhado quando Catarina abriu a sacola de sanduíches e empesteou o ar com o cheiro de ovo. "Que nojo, sua porca", disse Alexandra vendo-a comer. Catarina lhe devolveu um olhar fulminante e devorou três sanduíches de uma vez. As irmãs de Alexandra também não aceitaram a oferta. Somente a tia deu uma mordiscada em um sanduíche, enquanto tentava, inutilmente, fechar a janela com um plástico. As ondas de água amassavam o pó do caminho, do único jeito que podiam fazer com calor semelhante: em baldadas sucessivas que primeiro umedeciam a terra, depois a empapavam, deixando a superfície escorregadia e, finalmente, se acumulavam nos rastros dos pneus dos caminhões, transformando o barro em geleia mortal. Para Catarina, o caminho começava a se fazer presente naquele momento: um estreito basilisco de pedra, grudado na montanha na sua margem direita e um precipício vertical à esquerda. De novo o cheiro das peles suadas, agora misturado ao do ovo e, algumas vezes, ao das garrafinhas que Papai colecionava há anos. "Alguma coisa cheira mal", disse sem se animar a dizer o quê. Pensou que, talvez, também Papai quisesse desaparecer, como o líquido das garrafinhas. Suas palavras deixaram a tia atenta. Catarina viu como se levantou de um pulo e caminhou se equilibrando até a frente do ônibus. Era engraçado observá--la. A tia tinha adotado uma postura canina: franzindo o nariz e cheirando, como os cachorros fazem com o lixo. Encontrou o que estava procurando e não gostou nada. Começou a tremer. O ajudante, sem perceber que a tia estava atrás dele, passou uma garrafa de aguardente para o motorista. Ele a pegou no ar e bebeu sem dissímulo, mandando para o bucho um trago enorme. Depois, balançou a cabeça e disse alguma coisa como: "agrrr". Catarina reconheceu o barulho. Papai, a luz apagada e o eco do seu pigarro na sala. Também Mamãe, encurvada sobre a bacia de metal, tirando o lenço de sua cabeça e implorando para Catarina: "Saia daqui, por favor!"

A tia, que continuava de pé, preocupadíssima, vermelhíssima, alteradíssima, começou a chamar o motorista por intermédio do ajudante, dado que o motorista não lhe respondia e continuava enxaguando a boca com o álcool, para depois tragá-lo. O aguaceiro não diminuía.

103

O ônibus ia dando solavancos. Alexandra segurou a mão de Catarina sem dizer nada, esperando para ver o que a sua mãe faria. Ela começou a gritar, falando aos outros passageiros sobre o álcool e que o motorista ia acabar matando a todos. Mas as pessoas não davam nem um pio. Uns dormiam, outros só a olhavam em silêncio. Uma voz sarcástica disse lá detrás: "Não é para tanto, velha." A babá de Alexandra se virou e de onde estava disse: "Fica quieto, seu burro!" A voz lá de trás gritou: "Mestre, já que tanto querem, que desçam." Catarina encheu os pulmões de ar, respirando fundo. Mamãe tinha lhe ensinado a se acalmar assim nos momentos difíceis.

O ônibus parou. Tinha que retroceder para dar espaço a um caminhão que subia pelo caminho do basilisco. Catarina se encolheu na janela. Como o ônibus estava muito próximo do precipício, pôde ver o profundo abismo verde. Papai tinha lhe dito que morrer não doía. Viver doente, sim, mas morrer não. Disse que a gente nem se dá conta, que ela não se preocupasse por Mamãe, porque morrer era como ficar dormindo. Catarina voltou a se encostar na janela, pensando em Mamãe. Mas a assustou o barulho do motor, acelerado desesperadamente pelo motorista, que precisava colocar a roda traseira que tinha ficado uns segundos no ar de novo no caminho. A chuva continuava inalterável, o ônibus balançando e as meninas mudas, com os olhos arregalados como pratos e expectantes. Enquanto isso, a tia, molhada e desesperada, começou a rasgar a palavra cruzada do jornal e a escrever em maiúsculas e bem forte. Entregou para cada uma seu

pedaço de papel dobrado com a instrução de não abri-
-lo. Todas o guardaram no bolso sem reclamar, menos a
menina Catarina que, pálida, se animou a lê-lo entre os
joelhos: "Se acontecer alguma coisa – dizia – o motorista estava bêbado". Catarina apertou os dentes com força. Sentia um vazio que ia do estômago até o coração: coitadinho do Papai, sentiu no seu peito. E começou a rezar.

SONHO VERTICAL

Sonhou que dormia profundamente. Assim como o fazia quando era pequena: ouvindo o desenrolar de um conto na voz da mãe ou apoiando a cabeça no peito do pai, embalada pela sua ruidosa respiração de fumante. Tinha sido um alívio fechar os olhos e dormir um pouco, apesar da excitação e das tantas coisas que tinha para guardar e lembrar: todos aqueles números e endereços, todo o peso da sua culpa, toda a audácia da sua liberdade estreante. No entanto, seria inexato dizer que havia sido difícil conciliar o sono na véspera. Tinha passado um longo tempo em um dorme-acorda, espiando a grande janela do seu quarto, cochilando de tanto em tanto com o leve tremor das luzes da cidade a distância.

— Está dormindo? — o pai abriu a porta do quarto com um movimento curto, formando um triângulo amarelo no chão. Ela não respondeu, apesar de tê-lo escutado. Não queria ter que mentir: repassar com ele mais uma vez o itinerário do voo, as ruas, os ônibus, as coordenadas do professor escocês responsável pelo dormitório para estudantes — que tinham conseguido por um lance de sorte, e que não era mais do que a confirmação de que tudo estava se alinhando para o seu porvir. Conforme se aproximava a hora, era mais difícil para ela suportar as recapitulações. Seu pai a olhava com um orgulho convicto, pela primeira vez sem tantas expectativas. Era como se já estivesse colhendo os frutos da sua obra-prima. Estava desarmado e a ponto de chorar por qualquer coisa. Por isso, ela tinha fechado os olhos, fingindo dormir, virada para a grande janela. A sua era uma grande janela inscrita em uma parede infinita de janelas, organizadas umas sobre as outras como quadros que exibem a intimidade dos acontecimentos. Na frente e dos lados, não muito longe, também se levantavam paredes similares, que favoreciam o voyeurismo. Todos ali gostavam de ser vistos. Eram janelas escrupulosamente limpas, dispostas para a noturna pornografia, já que de dia estavam desabitadas, vazias de pessoas. Delas emanavam luzes artificiais amareladas que proporcionavam a cada paisagem interior um ar de cenário, no qual se retratavam as minúcias cotidianas como se fossem épicas: homéricas, coloridas, conquistadas. Umas com mais arte e com mais verossimilhança que outras, claro. Isso dependia do talento e da vaidade dos seus executantes. Como exemplo, um jantar apresentado como um banquete de sibarita, superando o ato biológico de deglutir. A quimera de cada vida, à vista, em cada janela. Tinham insistido tanto, dizendo a ela que suspeitasse do exibicionismo, que não podia imaginar a si mesma representando o tempo todo. Não podia sequer olhar-se por muito tempo no espelho. Ainda que, em algumas ocasiões, secretamente o fizesse. Nada do que se expunha nos quadros era feio, nem no sentido do abjeto, nem no do horror à miséria. E esse propósito – para os seus, vazio e vaidoso – a seduzia. Os habitantes não se entregavam ao malfeito nem quando a composição da janela fazia referência a uma tragédia – uma morte, digamos – porque tais episódios nefastos também eram uma representação artística do mundo, uma imitação estudada e realizada meticulosamente para agradar. Acaso os acontecimentos heroicos, por menores que sejam, não são predestinados à admiração? Os objetos eram importantes, inclusive a ausência deles. Poucos, mas bonitos. Poucos, mas significativos. Poucos, mas nunca excessivos no valor: uma espreguiçadeira de pele de cavalo; alguns livros encadernados com couro e colocados sobre uma mesa, como fetiche; uma pequena tela assinada por alguém proeminente; um abajur verde de mesa ou esse novo artefato de linhas ergonômicas capaz de produzir um café perfeitamente aromático da Sumatra sem manipular um único grão.

Ela achava que tudo estava meticulosamente iluminado para suscitar admiração ou idolatria, sem importar que as felicitações fossem fáceis; os beijos, vãos e os afetos, incapazes. Mas, além disso, também havia o aconchego do bem-estar que, como bem é sabido, aclimata, anestesia, aborrece... O descabido, no entanto, era o tempo que dedicavam para compor estes pequenos quadros noturnos nos quais ficavam tão pouco. Umas escassas horas noturnas, depois de um dia sufocado pela tarefa de trabalhar, de correr sem limites, com o propósito de preparar uma vida memorável para depois. Nunca para o presente ou para o agora. Havia naquilo uma obsessão pelo futuro, um certo medo. Perturbava-lhes – como um pesadelo – a ideia de que eles ou seus sucessores conhecessem a vulgaridade em qualquer uma de suas faces, especialmente a miséria. A pobreza era a síntese do horror. Por isso, as janelas não eram apenas uma ostentação vã, também constituíam sua conexão com o mundo que desejavam e uma barreira defensiva contra o mundo que temiam. Sua janela, todas as da sua casa, eram uma exceção naquela muralha. Um janelão vestido com cortinas claras, mas não transparentes. Habitava ali junto aos seus em um ambiente impoluto, descontaminado, quase sagrado. Tinham poucos móveis, muitos livros – torres de volumes empilhados que já não cabiam em lugar nenhum – e um piano de cauda antigo. Nem seu irmão mais novo, nem ela tinham ido para a escola. Eram seus pais os responsáveis por ensiná-los. Fora, os dois eram professores e se dedicavam a ensinar os filhos em casa, para evitar a obscenidade desse outro mundo ao qual repudiavam por seu narcisismo e por sua indiferença ante o que acreditavam ser verdadeiro. Apreciavam o valor, a honestidade e a inteligência. Eram personagens renascentistas, entregando a seus herdeiros a maçã do conhecimento que lhes abriria o caminho. Discutiam, pois, o método e os conteúdos, a evolução das leituras e das línguas. As ciências, as artes e também os alívios do corpo e da alma. O pai se ocupava do passado e procurava dialogar com a história. Mantinha sua fé nos clássicos e nas línguas originais, reforçando a pertinência do latim, além de outras línguas que lhe pareciam indispensáveis. A mãe, ao contrário, não quis desterrá-los do presente, nem deixá-los inábeis para o futuro e dedicava-se às ciências em todas as suas aplicações práticas. O cinema e a música também lhes serviram para preparar a alma dos seus guerreiros. A menina tocava o piano com um virtuosismo inquietante. Seu irmão, o violino. Em algum momento tiveram que prepará-los para que se protegessem dos ataques de outras crianças no exterior. No parque, por exemplo. Chegaram a se aproximar do mundo como vegetarianos que se esquivam do consumo da carne com naturalidade. Desenvolveram, por necessidade defensiva, uma fina ironia com a qual aprenderam a relevar os arranhões.

Os pais não apenas se empenhavam em mostrar-lhes a beleza, mas também se esforçavam para que as crianças pudessem conhecer o mundo que eles consideravam real. Um mundo cheio de carências, ao qual não pertenciam, apesar de quererem se enganar. Tinham optado por uma vida monástica, que, com o tempo, levou-os ao isolamento e converteu as crianças em espécies de laboratório incansavelmente corrigidas, melhoradas e aperfeiçoadas com o cinzel das crenças dos seus pais.

Algumas vezes, os pais abriam as cortinas com fins pedagógicos e comparativos, animados pela curiosidade infantil, principalmente dela. Com o passar dos anos, ela as abria escondida e contemplava as janelas. Perguntava-se sobre a veracidade dos dois mundos e dos outros que ela desconhecia. Sentia-se cada vez mais como uma mensagem criptografada que ninguém estava interessado em decifrar. Em muitas circunstâncias, viu-se impelida à experimentação do prazer, pelo puro desejo do gozo, mas terminava fracassando na austeridade familiar. Pensava recorrentemente no peso dos dons da ilustração. Ela se perguntava se não havia na inteligência e na erudição também um princípio de distinção e arrogância. Repreendia a si própria e se perguntava se o valor e a honestidade também não eram formas cruéis de classificar as coisas e de apresentar-se diante dos demais. Não sabia que rumo tomar naquela cartografia familiar. Mas queria, desejava com urgência, sair e respirar: se apresentar para a vida. Cortar os fios do plano arquitetado minuciosamente durante anos. Fugir da antiga e venerada universidade fundada no século XV e no priorado de uma catedral. Esquecer completamente a precisão obediente da matemática e da música: arrancar o *corset*. "Me dê o supérfluo, porque o necessário todo mundo pode ter", tinha se repetido desde a adolescência, como um grito de guerra secreto. Nessas horas, as letras perdiam completamente o sentido, era como se as peças de um quebra-cabeças infinito se embaralhassem na sua memória.

Sentia raiva, mas também pena dos pais. Pensava em tudo o que tinham ensinado a ela, na inutilidade do conhecimento. Uma criatura pode trair o seu criador sem ser condenada? Uma obra pode aspirar a ser outra coisa além do que sonhou o artista?, ela se perguntava na noite antes de partir, na solidão do seu quarto, olhando, através do vidro, as janelas como quadros.

Levantou-se da cama, caminhou até a janela e observou detidamente a rua lá embaixo. Na calçada, uma mulher se encolhia sobre si mesma com os pés descalços no chão de pedra. Do seu lado, jazia um discreto vulto humano. Imaginou que a mulher tinha começado a chorar de frio, pois por isso choram os que não chegam a lugar nenhum: de frio... Não se protegia unicamente do vento, mas também da luz, que denunciava tudo com sua pátina: os lixeiros, a rua vazia, os cachorros, as esquinas, as janelas. O caminho natural em direção ao amanhã era o medo e a épica do mundo era o reverso da miséria. A essas horas, o brilho da lua era decadente. A menina também sentiu frio, como uma premonição, mas não se deteve. Dormia profundamente ou quem sabe não dormia, só estava olhando pela janela.

TORMENTA

Naquela manhã, continuava um pouco chateada com a minha avó, apesar de termos feito as pazes no dia anterior. Eu a evitei desde cedo, queria castigá-la, queria que se sentisse mal por ter me descoberto. Queria mostrar para ela que, na verdade, a ofendida era eu. Me incomoda muito sorrir e ter que tratá-la como se lhe devesse alguma coisa. É como andar corrigindo a postura o tempo todo, quando o bom é estar assim: encurvada. Para não falar com ela, escolhi uma coisa que não tolera: o sol. Não o aguenta por razões que eu bem conheço. Primeira, porque eu fico um tição. Choca-a não apenas a cor da minha pele, mas o quanto ela vai escurecendo conforme os dias vão passando. Segunda, porque visto um biquíni tão minúsculo que a minha carne a expulsa, principalmente se estou de costas. A estas duas razões adicionei uma terceira, que a irrita ainda mais: o recolhimento na música, com os meus fones de ouvido.

Este sol é sanguinário. Se fosse um Deus, seria um sádico, uma divindade perversa que sente prazer castigando a pele dos homens. Posso sentir o seu poder no meu corpo, enquanto minha avó corta os botões mais novos da roseira para que o sol não acabe com eles. Vai e vem. Logo para, me fazendo sombra com o seu corpo. Não dou a volta para olhá-la, mas sei que continua ali, me cobrindo. Depois de um tempo, se retira sem dizer nada.

Devo reconhecer que a minha avó não facilita as coisas. É tão diferente da minha mãe. Muito mais criatividade do que explosão. Ela me procura de um jeito torto. Agora, deixa em cima da toalha um exemplar de *O morro dos ventos uivantes*, tira o fone de um dos meus ouvidos e diz devagar:

– Emily Brontë era uma jovem brilhante, que gostava de jejuar. É um golpe baixo, depois do que aconteceu ontem à noite.

– Tormenta te lembra alguma coisa? – me pergunta.

– Não – respondo incomodada, mas penso espontaneamente em náusea, angústia, vazio.

Ela se senta na beira da jardineira, bem na sombra do telhado, mas tão perto da minha toalha que não consigo continuar de costas para ela. Da minha perspectiva, seus olhos são fluorescentes.

– Tormenta é uma palavra poderosa e triste – disse, como se não existisse nada que nos separasse –, um açoite de vento, assim como a vida de Emily Brontë.

Deixo ela avançar sobre o meu aborrecimento. Seu olhar cristalino é traiçoeiro. Como eu gosto das palavras... Ela sabe disso, pois as colecionamos juntas, ainda que usualmente percorramos caminhos diferentes. Entre os homossexuais, por exemplo, ela escolhe Verlaine; e eu, a vida inteira, Rimbaud e Wilde. E também Capote. Eu amo os gays e minha avó ama Baudelaire.

– Tormenta – me escapa –: tempestade no mar.

Ela sorri em um gesto pacífico:

– Aguaceiro, dilúvio, inclemência.

– O que você acha de perturbação emocional? – lhe digo, pensando que é uma coisa rebuscada.

Mas ela me olha satisfeita e eu penso que a minha irmã tem razão. As mulheres somos verdadeiramente "gratas", como ela diz. Somos gratas pelas mínimas coisas... Minha avó sabe que eu não resisto à sua atenção, por menor que ela seja.

Pouca gente sabe que *O morro dos ventos uivantes* é um livro e não só um filme. Eu não sabia. Ela me desarma.

– Emily escreve *O morro* aos vinte e oito anos, assinando com nome de homem: Ellis Bell.

Por um segundo, tenho o ímpeto de fazer um desaforo feminista, como os que escuto em casa, mas isso não repercutiria na minha avó. Então, simplesmente pergunto o que me vem à cabeça:

– Por quê? – lhe digo.

– Por que o quê? – me olha como se não me entendesse – Por que usou um pseudônimo?

Concordo timidamente.

– Acho que para não magoar o irmão dela.

Então me conta que o senhor Brontë era um pastor evangélico, viúvo e intratável, que tinha ficado com os filhos: cinco meninas e um menino. Branwell, o menino, reunia as esperanças de toda a família. E não deu conta delas. Terminou sendo um medíocre passageiro da vida. Diminuído pelo talento de suas irmãs, arrasado pelo ópio e pelo álcool, foi exterminado pela tuberculose.

– Como podem ser venenosas as expectativas daqueles que te amam... – lhe digo. E me sinto orgulhosa da frase que acabo de pronunciar porque ela me cabe, mas minha avó fica em silêncio. Posso notar o seu desconcerto. Nunca aviva a conversa se não está de acordo com ela. Não tem paciência com dramas e, de repente, sou eu quem não tem paciência com ela.

– Você disse que eram cinco mulheres? – falei para preencher o vazio.

– Maria, Elizabeth, Charlotte, Emily e Anne – me responde, fazendo uma pausa e fechando os olhos. – Tudo nessa família tem uma marca fatídica. Quando as quatro filhas mais velhas tinham entre seis e onze anos, foram mandadas para o internato. Lá, Maria, que era a mais velha, e Elizabeth, a segunda, morreram de tuberculose, de fome e, certamente, de tristeza.

De tristeza, repito... O sol queima a tristeza e machuca as minhas pernas e os meus ombros. Sei que de noite vou gritar de dor, mas não me importo. Fecho os olhos e só sinto o calor e a voz grave da minha avó.

– Uma professora de sobrenome Andrews as matou. Andrews! Nunca esqueça o nome de um canalha – me ensina minha avó e prometo me lembrar. Para confirmar a dureza da professora, me conta com detalhes sobre as torturas que impôs às irmãs.

– Uma professora de sobrenome Andrews ficou obcecada por Maria e lhe infringiu castigos e surras, inclusive quando já estava de cama – repito para não me esquecer do nome dela.

Na verdade, quero me deter um pouco mais em Charlotte e Emily, tão cheias de frio. Me levanto, preciso de um pouco de água e de um chapéu. Pego os dois.

— Por que você disse que Emily jejuava? — pergunto, sabendo que jogo contra mim.

— Porque tinha reais motivos para morrer.

As palavras da minha avó me ferem, mas não posso ver censura em seus olhos. São um soco, mas eu resisto à briga e prefiro continuar pensando em Charlotte e Emily.

— Como conseguiram continuar vivendo? — digo, quase para mim mesma, e a minha avó responde:

— Criando reinos de fantasia, que eram o espaço preferido de brincadeira delas: Charlotte e Branwell fundaram Angria; e Emily e Anne, idealizaram Goldan. Confeccionavam livros diminutos com letras microscópicas, nos quais narravam suas histórias.

Um páramo é um pedregal infecundo e desabrigado, me explica minha avó. No entanto, ali, abrigados em sua casa de pedra, conversavam e existiam mais além da pobreza. Minha avó os desenha brincando ao anoitecer, depois dos seus trabalhos, iluminados por um candil ou um candeeiro. Candeeiro é uma palavra tão bonita...

— Há momentos em que a tristeza deixa de ser azul e adquire tons amarelos, o que a torna mais suportável. É como se, por alguns instantes, a tristeza pudesse ter beleza — digo em voz alta e sem expectativas. Minha avó me escuta, sorri mais uma vez, e continua.

— Um dia Charlotte, Emily e Anne, a mais nova, se deram conta de que cada uma tinha escrito um romance. Decidiram publicá-los, usando os nomes de Currer, Ellis e Acton Bell. Todos nomes masculinos, para se esconderem. Não contaram para Branwell, que já va-

119

gava perdido, sequer quando os livros começaram a ser vendidos como água.

— O traíram! Sabiam que o estavam traindo! – a interrompo.

— Sempre acreditei que o protegiam, mas talvez você tenha razão – minha avó concede e isso é uma vitória para mim. – Certamente por isso, a morte de Branwell terminou sendo a delas também. Emily, que já jejuava há anos, se negou a comer e receber a visita de um médico. Morreu de tuberculose três meses depois. O mesmo aconteceu com Anne, cinco meses mais tarde.

— Só ficou Charlotte?

— Não por muito tempo. Morreu aos 39 anos, tendo publicado mais dois romances.

Seus olhos agora são menos líquidos e mais profundos. Menos translúcidos. Ela me diz que me dá de presente o livro, se eu quiser. Eu agradeço. Depois o folheia e pede que eu leia uma parte do prólogo. Faço isso em voz alta: "O momento de maior angústia é quando cai à tarde e a noite se aproxima. A essa hora costumávamos nos reunir na sala de jantar, conversávamos. Agora estou sozinha, inevitavelmente em silêncio."

— Charlotte? – lhe pergunto.

— Sim, no meio da sua tormenta.

O sol começa a se pôr oblíquo. Já não queima. Minha avó, ou quem sabe o âmbar da tarde, me deixa sem palavras.

SONATA DE VERÃO PORTENHO

Elene tinha arrumado tudo. Como sempre. Tinha conseguido que duas velhas senhoras me alugassem um quarto enquanto eu fazia o curso que ambas queríamos fazer em Buenos Aires, mas do qual ela havia aberto mão porque o dinheiro não dava para nós duas. São essas malditas gentilezas que te levam à morte. Mais uma coisa para ficar em dívida com ela. A estas alturas, já não sei se é possível estar mais endividado com alguém. Enumero para não ficar devendo também esta contagem: em primeiro lugar, ter abandonado tudo para morar comigo. No caso dela é um mérito, porque a família inquisitorial não era a minha, e sim a dela: um caldeirão fervendo, pronto para tirar o seu couro. Para mim foi fácil, eu era mais velha. Meus pais eram *hippies* e suspeito que até sentiram uma secreta satisfação em exibir a filha "diferente". Além disso, estar dez anos na frente sempre foi uma vantagem; só agora se transforma em uma cobrança, uma revanche, uma derrota carnal. Em segundo lugar, ter abandonado tudo para que fosse eu quem brilhasse: a bolsa, o cargo de correspondente, as viagens e ela atrás de mim. Abandonou o conservatório para me seguir, ainda que eu não tenha pedido. Agora ninguém mais se lembra, entre outras coisas, porque Elene é tão educada que sempre muda de assunto quando alguém evoca com nostalgia como ela era boa violinista e o que poderia ter sido se... E em terceiro lugar, ter abandonado tudo, de novo, para que eu não morresse de medo na quimioterapia. Não é um exagero romântico, Elene entregou a vida dela nas minhas mãos, mas o que até então tinha me deixado em um lugar de autoridade, hoje me devasta porque agora sou eu quem precisa dela e não consigo suportar isso.

Pode-se supor que isso seria uma trégua, mas Elene não para de ligar... Ficou histérica com a história das baratas. Isso acontece porque sou idiota, quem mandou eu me fazer de coitadinha? Tive que desligar o telefone, senão iria matá-la. As senhoras têm nomes terapêuticos: Remédios e Milagros.

Remédios e Milagros brigaram depois do almoço. Reme gritava e Mili não respondia. Até que Remédios gritou mais alto, intimando-a com sua autoridade, e então Mili respondeu: *Sim, Reme, já te escutei!* Me fizeram lembrar das brigas entre Elene e eu, mas não direi quem era quem. Coitadas, não venderam nada. Ainda por cima, o aquecedor quebrou. Eu lavava os pratos da maneira mais discreta que podia, mas quando fui colocar a forma de metal no seu lugar, virei muito rápido e bati a cabeça na quina do armário. A quina da estante fincada na minha testa ou minha testa fincada na ponta da estante com a violência contida de uma martelada. Forma no chão e as duas mulheres com a atenção voltada para mim. É assim quando se tem hóspedes. Elas são exageradamente serviçais.

O meu acidente serviu para salvar Mili, que escapuliu com suas sacolas. Reme, ao contrário, descarregou o saldo da sua fúria em mim. Mas o que você fez?, me disse, com certeza pensava na água fria, enquanto eu segurava a cabeça: *Não se preocupe, não foi nada.* Imaginei que esse era o momento perfeito para que aparecesse uma barata e desviasse a nossa atenção, colocando nós duas para persegui-la e matá-la. Teria esvaziado o inseticida sobre o bicho, na mesa, na cozinha inteira, enquanto ela me convenceria que não era por falta de limpeza. Ambas sabemos que isso não é verdade. Por isso, mal elas saem e eu limpo. Faço isso como uma velocista: espalho água sanitária por todo o apartamento, que por sorte é pequeno como uma vírgula. Fico pouco na cozinha, apesar de saber que é a área que mais precisa de uma vistoria. Mas não consigo. Me dá nojo. Elas percebem o que faço quando não estão, mas não me dizem nada. Para que justificar a pobreza? É o verão, me explicaram hoje. Com este calor, quem quer cadarços para os sapatos? Muitas vezes torço que chova, assim as pessoas tiram as sandálias e colocam os sapatos. O ruim é que depois da chuva faz ainda mais calor. Nunca entendi as leis dos grandes números: por que em uma cidade tão grande como Buenos Aires compram tão pouco delas? Elas juram que é por causa deste verão tão quente e porque mais pessoas deixaram a cidade. Queria acreditar nelas, mas o rastro da rotina é contundente: as paredes estão pretas de mofo, o chão manchado, o fogão está manco e é possível ver a espuma amarela do sofá. Ele é branco. Na verdade, era, porque ontem trouxe um forro e coloquei nele. Reme agradeceu como uma menina. Milagros, ao contrário, disse uma coisa diferente: *Menina, você acha que a gente está tão mal assim?*

Se Elene estivesse comigo, teria franzido a boca para um lado. Aquele movimento tão seu, que antes conseguia me envergonhar durante alguns segundos. Hoje, no entanto, após todos os anos desta nossa heroica união, já não é sequer uma crítica, somente um gesto de tédio. O tédio que produzem as coisas que nunca vão mudar e que, portanto, é inútil corrigir.

Não estou certa de que devesse escrever sobre isso, menos ainda pelo pouco tempo que estou e ficarei aqui. Apenas doze semanas. Já aconteceu de me acusarem de traidora e Elene teve que estar lá para me lembrar disso. Nunca me desculpei por ser jornalista, ainda que alguma vez devesse tê-lo feito. Como neste caso não posso sair por aí contando tudo, talvez deva me convencer que invento. Assim poderei narrar sem remorso. Afinal de contas vim para isso: para guardar o gravador e "escrever" sem camisa de força, ainda que o curso de literatura seja apenas um álibi. Talvez seja melhor me convencer da verdade: vim para "terminar" de me curar, diz Elene. Mas, quem pode se curar sem antes cair?

Eu, que sei o que é a alegria e que sempre fui um pouco triste sem motivo me prometi (prometi para ela) "renascer". Não são todos os dias que você se salva de um câncer e dos cuidados de alguém que te ama. Por isso me sento todas as manhãs, na mesmíssima hora, para escrever. Assim me convenço de que não estou roubando, de que esta viagem é algo mais do que um ato narcisista, de que é uma maneira de pular sem me jogar no vazio. Deixei o meu trabalho e um bom dinheiro. Deixei a mulher perfeita (tão perfeita que sufoca). Deixei a tranquilidade do morno. Penso melhor nessa ideia e acho que deveria escrever: "Deixei a comodidade do tédio". Sim, para isso vim e ainda que não o consiga talvez este tempo sirva para me curar das minhas manias e das minhas frescuras, porque eu poderia escrever um tratado sobre fobias. Mas como é possível esquecer sem antes ter nomeado?

Há momentos em que me sinto uma miserável, no sentido mais abjeto do termo. Fiz uma pasta com manjericão e nozes, azeite de oliva, queijo parmesão e alho, acompanhada por cogumelos. Mili, que não come nada, a não ser na hora do almoço, comeu. Olhava e voltava a olhar o preço na sacola das nozes. Penso que sentia culpa de não comer, que se perguntaria, talvez, quando poderia comer alguma coisa assim de novo. O pior foi que no meio dessa minha petulância começaram a aparecer as baratas. Umas no escorredor de macarrão, outras se balançando nas xícaras penduradas, três saíam do ralo. Eram pequenas ou diminutas. Reme tentava evitar que eu me espantasse, tirava os utensílios da minha mão. E eu, fazendo uma cara de indiferença, pensando em Elene, enchia o ralo de inseticida. Claro que o cheiro do manjericão desapareceu. Meu Deus, que tamanha contenção! Maldita sejas, Elene.

Reme deixou um bilhete na porta da geladeira: *Favor esperar o Martín*. Seu traço era vigoroso e otimista, muito parecido com a sua facilidade com as palavras. Remédios pode falar sozinha durante horas e você só intercalando monossílabas, sem que ela se dê conta. No extremo inferior do papel estava escrito, como se tivesse se lembrado antes de sair: *Elene ligar para ela*. Martín não chegou para arrumar o aquecedor.

Voltando das aulas, fui até a loja que fica ao lado do edifício. É de uns chineses. Dentro tem uma seção de verduras que é independente, ou pelo menos funciona assim, porque se você compra cebola deve pagar ali e não no caixa. É curioso observar quem atende. A mulher é boliviana, como eu, reconheci rapidamente. Quis conversar e fiz a burrice de perguntar, no meio da clientela, de onde ela era. Ela, se pudesse, teria me respondido com uma cusparada: "peruana", mentiu.

Quando subi, Reme me esperava para o jantar. Também não tinha vendido nada naquela tarde. Ela paga as contas. Tinha ido a três armarinhos, que eram de uns chineses e ficavam longe. Nenhum dos donos estava. Todos viajaram para a China, precisamente. Reme estava furiosa: *Olha o quanto esses têm e eu me matando por uma miséria*. Não soube o que dizer. Pensei em alguma coisa como "chineses mafiosos", "chineses porcos", "chineses capitalistas", mas não disse nada. Tentei acalmá-la e contei da menina das cebolas, mas não devia ter feito isso. Ela ficou pior. Me contou que não fazia muito tempo tinha ido ao hospital, porque Remédios tem setenta anos e está doente. Na frente dela havia umas vinte pessoas da favela, bolivianas. Enfurecida, se colocou na frente de todas, ameaçando a enfermeira: *Você me atende primeiro, entendeu? Porque este é o meu país!* Lembrei do trecho de um escritor inglês que tinha lido recentemente, esse que dizia que a história de Buenos Aires estava escrita na lista telefônica onde apareciam sobrenomes como: Romanov, Romel, Rose, Radziwill ou Rothschild. Remédios não quer escutar, mas é certo que logo também se começará a ler Condori, Mamani, Huanca, Parisaka, Apaza e os Wang, Fung, Bai, Zhao, Yang ou Wu. Milagros fica quieta. Ela também está velha para aceitar isso.

Hoje senti muita dor. Liguei para Elene e me arrependi. Estou cansada de ser a encarnação do egoísmo, o monstro. Cansada. De novo gritei que não estou doente, que me deixe em paz. Não preciso de uma mártir ao meu lado. *Sabe de uma coisa?*, disse, *acho que vou ficar*. Ela não respondeu. Chorava. História repetida. Mas dessa vez não pedirei desculpas.

Sexta-feira e primeiro mês cumprido. Hoje não tive aula nem vontade de escrever: me senti um pouco sozinha, mas as palavras de Reme me interpelaram: Quem se entedia nesta cidade? Ou quem sabe tenha me dito: *Só um idiota se entedia aqui.* Melhor será caminhar, me disse, me saturar de varandas e beirais, de árvores e livrarias, de pessoas patinando, de pessoas andando de bicicleta, de ônibus, de bancas de jornal, de bancas de flores, de cachorros. Cachorros: labradores, dálmatas, *cockers*, pastores, mastins, samoiedos, salsichas, *poodles*... Donos com seus cachorros, treinadores de cachorros, passeadores com dezenas de cachorros. Cachorros com todas as suas consequências e transeuntes fazendo peripécias para desviar essas consequências. Eu no reino das consequências. Pisei no cocô. E não tem água quente em casa.

De novo sexta-feira. Boa semana, bons contos. Cheguei em casa perto das seis. Mili estava no computador, com os fones de ouvido e a luz apagada. Toquei no seu ombro, não queria ficar em casa, mas também não queria ir ao cinema sozinha. Convidei-a, não quis, implorei. Finalmente, aceitou. Fomos caminhando, tínhamos vinte quadras até o cinema da Recoleta. Eu já tinha contado e pensava o que conversaria com ela no trajeto. Eu não tinha outro assunto a não ser o verão, mas ela sim. *O cinema que eu mais gosto é o dos anos cinquenta*, lançou. E eu: *Ah, é?*, isca para a minha arrogância. *Bem feito*, me repreendi. Mili sai todas as manhãs e não volta até de tarde, economizando qualquer glosa sobre a sua rotina. Só sei que vende muito pouco, Remédios me contou. Mas agora fala como se alguém tivesse aberto o registro. Quando era pequena, ia ao cinema de Carmen de Areco, três vezes por semana. Acho que estava apaixonada por Gregory Peck, porque dedicou umas três quadras para ele. Eu não conseguia me lembrar do rosto dele até que ela me disse:

É o que atuou com Audrey He*pburn naquele filme que se passa em Roma, lembra? Ela era a princesa Anna se fingindo de anônima.* Eu continuava com a boca aberta. *Você sabia que este foi o primeiro papel de protagonista* *de Audrey*? Ops, continuava sem me lembrar do rosto de Gregory. Decidi pensar em algum ator daquela época para desafiá-la:

Nunca gostei tanto de Gregory Peck quanto de Humphrey Bogart. *Quando vi* Casablanca *me apaixonei pela sua voz para sempre,* disse nostálgica. Mas ela me corrigiu: Casablanca é dos anos 40, não dos anos 50. Ops, outra vez. *Mas tem um filme dos anos 50 que com certeza você viu* – expôs sem nenhum afã pedagógico –: Uma aventura na África, *nele atuava com Katharine Hepburn, que não era tão bonita quanto Audrey.* Ops, pela terceira vez. Me lembrei do ditado mais célebre de Elene: "Meu amor, em boca fechada, não entra mosquito". Fiquei quieta enquanto Mili me falava de *Janela indiscreta* de Hitchcock, de *Um bonde chamado desejo,* de Marlon Brando e Vivian Leigh. Eu só situava Vivian Leigh somente como Scarlett O'Hara em *O vento levou,* mas ela mencionou uns seis filmes nos quais a atriz atuou depois disso. Já estávamos quase chegando ao cinema, quase na esquina do cemitério, quando mencionou Kurosawa. *Os sete samurais, se lembra?,* me disse, procurando certa cumplicidade. Esse eu tinha visto, mas não tinha gostado nem um pouco. Era minha vez de fazer alguma revelação, de contar alguma coisa, mas já era tarde. Paramos na frente dos cartazes iluminados e deixei que ela escolhesse o filme.

Outra vez as pontadas na cabeça. Fiquei deitada o dia inteiro.

Sexta-feira, só me restam duas semanas e não tenho vontade de voltar. Não liguei para Elene. Remédios abriu uma garrafa de *chardonnay* que ganhou de presente no Natal. Tinha guardado para tomar com Sole, que veio jantar e amassar uma pizza. Sole também trouxe uma garrafa de tinto, então bebemos as duas. Reme estava contente porque Martín tinha vindo arrumar o aquecedor, recém-chegado de Chubut. Martín é um pouco folgado, eu acho, mas é adorável: *Ei Reme? Você está bem? Você não parece bem, hein?* Desta vez cobrou mais de quinhentos. Como ia estar bem, cara! Não quis nem perguntar quanto custa um aquecedor novo. Reme estava feliz e isso era o bastante. Tomou banho com água quente depois de duas semanas de crioterapia forçada. Começamos a ajudar. Sole me ensinou a fazer a massa e me tratou de "senhora" exatamente até o momento em que terminamos a primeira garrafa. Enquanto sovávamos, me disse: *Só Deus sabe que a última coisa que me resta é o vinho.*

Cortei a pizza e Sole serviu as taças. *Vamos lá*, disse Remédios. Olhando para Sole, perguntou: *O que achou?* Então Sole levantou a taça gelada. *Amarelo esverdeado*, disse, *acerado*. Eu estava encantada com a cerimônia. Reme sorria e Mili olhava o líquido contra a luz. Depois, Sole cheirou o vinho. Repetiu a operação imprimindo um forte movimento giratório na taça. Estava pronta para qualificar. *Canela, abacaxi, com um leve, mas determinante, aroma de baunilha.* Colocamos o nariz nas nossas taças, rastreando a definição de Sole que finalmente colocou um pequeno gole na boca, saboreou por alguns segundos e engoliu. É fresco, alegremente aristocrático, tem notas de frutas brancas. Frutas brancas?, perguntou Reme. *Pêssego e coco*, respondeu. Aplaudimos. Eu até assobiei como não se deve fazer na mesa. Mili repetiu três vezes. Brindamos por Sole, tudo estava muito gostoso. Perguntei a ela onde tinha aprendido e me disse que nos barcos ou nos portos, que não se lembrava. Reme contou que Sole tinha sido a primeira enfermeira da Argentina a trabalhar em barcos mercantes, que tinha conhecido o mundo inteiro navegando. *Até que perdi tudo*, soltou Sole. A pizza estava crocante e deliciosa. O vinho ia acabando. Mili ria, estava mais rosada do que de costume. *Esta é a beleza do vinho*, lhe dizia Sole, enchendo de novo a sua taça enquanto eu ajudava Reme a servir a última pizza: *a rua está muito dura para se jogar comida fora*, sentenciou.

O segundo vinho era um *pinot noir*, mas desta vez Sole cedeu seu lugar a Reme que, sem pressa, o definiu assim: *vermelho cereja, profundo, com notas de rubi*. Sole concordou. É elegante, com aroma de frutas frescas e especiarias. Mili era a única que estava séria. *Parece leve e fresco, mas na verdade é sutilmente intenso, como estas garotas que vão ficando na tua vida e te fazem bem*, disse olhando para Sole e piscando para mim. Eu pensei em Elene. Todas aplaudimos, menos Mili, que se levantou para lavar o seu prato. Brindamos mais uma vez, mas agora por Reme. *Sabe*, me confessou Sole já com intimidade, *eu perdi tudo, fui internada em uma clínica psiquiátrica, passei fome, morei na rua como indigente e a única que me deu um prato de comida, a única que me recebeu, foi essa *daí*. Remédios não deixou que ela continuasse. Ordenou subitamente: *Vamos, Soledade! Você tem que lavar a louça!* Eu tirei a mesa, completamente bêbada.

Sábado de cinderelas. O aquecedor não ligou mais. Voltamos à crioterapia. Reme estava amargurada. Milagros fugiu com suas sacolas. E Martín... Martín ferrou com a gente. Foi uma boa ideia ter ido à biblioteca. Finalmente consegui terminar o meu conto desta semana. Tive dor de cabeça o dia inteiro. Isso se chama ressaca, espero.

Sexta-feira. Elene com o seu violino, como o voo da varejeira na minha cabeça. Não ligou, não escreveu uma palavra. Depois do jantar, ajudei a arrumar os cadarços e a colocá-los nos papelões. Têm os mais escuros, brancos, marrons... Os rosas, esmeraldas, turquesas e amarelos vendem pouco. São simples e decorados, longos e curtos, grossos e finos, de algodão e sintéticos. Quase sem graça. As duas caminham quadras com eles nas costas. Eu ia jogar fora umas sacolas de *boutique* primorosamente desenhadas que me deram, mas Mili me pediu que as desse para ela. Mili as usa como carteira. *Claro*, assenti e escapei para preparar um café. Remédios prefere curto e com muito açúcar. Acendi a luz e de novo um assalto de baratas no doce. *Caralho!*, disse baixinho. Joguei o açúcar, lavei o recipiente, enchi novamente. Mas dessa vez coloquei dentro da geladeira. É inevitável, é preciso viver com a feiura, me disse. Sua sentença me pareceu uma derrota. Amanhã vou embora e tenho medo. Elene não ligou...

Comprei umas empanadas para o jantar. Mili estava no computador. Reme serviu dois vinhos. Ela se destaca na ferrugem. Se ancora nos elos da memória e sobrevive. Poderia ter sido uma modelo de Klimt com seus cabelos escuros. Tem a força de uma corrente que se converte em queda d'água, dominante. Posso imaginá-la aos vinte, aos trinta ou aos quarenta, conquistando as ruas de Genebra, de Viena, de Praga, decidida a abandonar as fossas para se aventurar nas pedras. Viajou tanto que tudo o quanto tem está amontoado em seu passado. Milagros, ao contrário, ficou inerte, constrita pela sua sombra. Conserva, como uma marca de batismo, um semblante de primeira infância, obediente e, sem dúvida, órfão. Reme paga as contas e Mili faz a limpeza. Reme fala e Mili cala. Remédios inspira e Milagros expira. Escovo os meus dentes. Fui uma intrusa e, no entanto, de alguma maneira me sinto em casa. Da patente se incorpora outra barata, mas esta é imensa. É inevitável, me digo e a mato. Então, apago a luz.

UM RELÓGIO,
UMA BOLA, UM CAFÉ

Aos seis anos tinha aprendido a ver as horas contando de cinco em cinco: cinco, dez, quinze, vinte... até chegar ao sessenta. O avô havia lhe dado o seu relógio de pulso, para que ele parasse de perguntar quanto faltava. E, desde então, passou a ter uma consciência pessimista do tempo.

– Ficou grande.

– Nem tanto.

O avô enfiou os dedos entre a pulseira e o pulso fino do menino. Sorriu.

– Me dá aqui, vamos fazer mais uns furos.

O menino fez o relógio deslizar do pulso até a parte superior do braço, fazendo dele uma braçadeira como se fosse o capitão de um time de futebol.

– Me dá aqui – o menino entregou o relógio para o avô. Uma tosse reprimida pelo chiado de um peito exausto fez com que ele voltasse o olhar em direção à parede do quarto ao lado.

– Mamãe? – perguntou o menino, desejando que ao menos por um segundo aquela respiração custosa e angustiada, que parecia o prenúncio de uma asfixia, desaparecesse. O avô pousou a mão no joelho do menino.

– Você sabia que os primeiros aviadores usavam os relógios como você? Pegavam um relógio de bolso e com um barbante o amaravam no braço ou na perna. – O menino negou com a cabeça.

— Naquela época os aviões não tinham instrumentos e não existiam relógios de pulso. Por isso eles faziam os próprios instrumentos. O que você acha disso?
— Perigoso — disse o menino com os olhos atentos, ávidos por mais, tentando desviar a atenção de um novo acesso de tosse.
— Eram caras valentes — disse o avô e com toda a sua autoridade completou: — Deixa ela, isso não é nada.
— Posso levar o relógio para o colégio?
— Pode.
— Vô...
— Mmm? — o velho estava furando a pulseira com a ponta da navalha.
— Eu prefiro ser goleiro.
— Mas você gosta de chutar — levantou o olhar da pulseira. — Não é por causa da perna?
— Não, sim, é que... — o menino olhou para o teto. — É que eu manco, vô, e todo mundo ri de mim.
— E daí? — disse o avô. — Garrincha também teve poliomielite. Além de manco, é cambaio, tem a coluna torta e, ainda por cima, é muito feio — o velho soltou uma gargalhada.
— Mas, vô, eu não sou o Garrincha e não jogo no Botafogo...
— Você gosta de chutar ou não?
— Gosto.
— Então não se fala mais nisso — disse. — Isso é o que importa e se alguém te incomodar, bate nele! Além disso, não treinamos tanto para nada. Ou você vai amarelar?
— Não, vô.

– Esse é o meu neto! – No rosto do menino se desenhou um sorriso tímido, quase triste. No quarto vizinho, um novo ataque de tosse fez gemer as madeiras da cama. Ficaram em silêncio por alguns instantes, sem se mexer, até que a calma voltou.
– Vô... – o menino diminui o tom de voz. – Já está na hora?
– Ainda não – disse o velho, sem olhar para o relógio.
O menino tomou um gole do café que estava em uma xícara de alumínio, em cima da mesa de madeira. O velho tinha-lhe ensinado a tomar café desde muito pequeno. Café sem açúcar.
– Você já viajou de avião alguma vez?
– Não.
– Vai viajar?
– Não sei, talvez.
– E eu? Você acha que eu posso?
– Claro que sim.
– Você gostaria de voar?
– Não sei – disse, colocando o relógio no pulso do neto. – Deixa eu ajustar.
– Vô.
– Quê?
– Não vá.
– Não comece de novo.
– Deixa a gente ir com você no caminhão, prometo que cuido da mãe, que não incomodo com a bola.
– Veja como ficou bom – disse o avô, despenteando o cabelo liso que já cobria os olhos do neto.
– Não quero que você vá.

– Não chore – a voz era autoritária e doce ao mesmo tempo: – Você já é um homem.
– Mentira. Só tenho seis anos.
O avô limpou o nariz do neto com o seu lenço branco de pano.
– Por que não posso ir para a mina? A mãe também podia ir.
– A mina não é lugar para uma mulher doente – respondeu, colocando no bolso do calção do menino um maço de dinheiro. – Toma, até que eu volte.
– E se ela não...
– Vai aguentar, ela é forte. Você só precisa fazer ela rir.
Agora era o velho quem pegava a xícara de alumínio. Com o entardecer, a sala tinha perdido a claridade. Começava a ficar escura e fria.
– Vô – os olhos do velho estavam muito vermelhos –, você tem medo?
– Não – tragou um gole do café que já estava frio.
– Eu tenho – a voz do menino voltou a tremer. – Não quero ficar sozinho.
– Você não vai ficar sozinho.
– É que você já está velho – desabou. – E se você...?
– Fica quieto! – mandou. – Não vai acontecer nada comigo, eu prometo.
O menino levantou a cabeça e olhou-o muito sério, sabendo que ninguém pode prometer não morrer.
– Você vai voltar logo?
– Te dou a minha palavra – disse e seus olhos eram tão azuis quanto o céu depois de uma nevasca. – Vou vol-

tar logo e vou te trazer uma bola de couro. Esta já está muito estragada.

O velho se levantou. Ascendeu a luz e caminhou até o quarto contíguo. O menino viu a hora no relógio de pulso. Era domingo. Um tempo depois, o avô saiu vestido com uma jaqueta e com o chapéu na mão. Caminharam juntos até a rua.

– Você vai continuar chutando bola?

– Vou – disse o menino, adiantando-se às palavras do velho: – Igual o Garrincha!

– Isso mesmo – disse o avô, aproximando o neto com um abraço.

Assim que o velho ligou o motor do grande volvo verde, ano 1933, que ambos cuidavam com esmero, o menino começou a correr atrás dele chutando a bola, primeiro devagar, depois com toda a força que tinha, com a sua respiração formando nuvens de vapor no ar gelado.

ESTE LIVRO FOI PRODUZIDO NO LABORATÓRIO
GRÁFICO ARTE & LETRA, COM IMPRESSÃO EM
RISOGRAFIA E ENCADERNAÇÃO MANUAL.

EXEMPLAR N. 314